Marcel Pagnol

Das Mädchen mit den dunklen Augen

Marcel Pagnol

Das Mädchen mit den dunklen Augen

Roman

Die Geheimnisse Gottes

Erzählung

LangenMüller

Aus dem Französischen von Irène Kuhn und Ralf Stamm
Titel der französischen Originalausgabe »La petite fille aux yeux sombres«

Schutzumschlaggestaltung: Werner Rebhuhn, Hamburg
Satz: Uhl + Massopust GmbH, Aalen
Gesetzt aus der 11/14 Punkt ITC Garamond, Linotype System 2/3
Druck und Binden: Wiener Verlag
Printed in Austria 1985
ISBN: 3-7844-2060-5

VORWORT
zur Unterrichtung des Lesers

»FORTUNIO«, der Name steht für eines der Jugendabenteuer von Marcel Pagnol.
Stellen Sie sich ein Grüppchen frischgebackener Abiturienten vor, vereint in dem Bemühen, den Eintritt in die berühmte Ecole Normale Supérieure zu schaffen, alle schon von der Muse geküßt und davon träumend, ihre Sonette, ihre Erzählungen oder auch ihre philosophischen Reflexionen gedruckt zu sehen, alle geprägt vom humanistischen Bildungsideal, aber wohl auch beflügelt von südfranzösischer Begeisterungsfähigkeit.
Als Anfang des Jahres 1914 Marcel und sein Freund Yves Bourde ihren Mitschülern den Plan einer »Literatur-, Kunst- und Theater«-Zeitschrift unterbreiteten, fanden sie ein lebhaftes Echo.
So wurde denn FORTUNIO aus der Taufe gehoben, nachdem die künftigen Redakteure unter Ausübung sanften Drucks im Familien-, Freundes- und Bekanntenkreis eine stattliche Anzahl von Subskriptionsabonnements zusammengebracht hatten.

Aber der Zeitschrift wurde keine Zeit gegeben, sich in der literarischen Öffentlichkeit zu bewähren, denn der August 1914 brachte die Mobilmachung, und ihre Urheber verzichteten angesichts ihrer bevorstehenden Einberufung auf die Herausgabe weiterer Nummern.
Marcel erhielt den Gestellungsbefehl und die Gelegenheit, sein Talent zum Basteln bei der Wartung von Petroleumlampen auszubilden, bevor er wegen »Konstitutionsschwäche« für untauglich erklärt wurde, eine Begründung, die seine schmächtige Gestalt glaubhaft erscheinen ließ.
Nachdem er als Präfekt an verschiedenen Gymnasien gewirkt hatte, wurde er 1920 nach Marseille versetzt. Damit hatte er die Möglichkeit, ein paar Ehemalige der FORTUNIO-Redaktion um sich zu versammeln, zu denen sich Jean Ballard gesellte, der dann mit unermüdlichem Aufwand an Energie und Intelligenz die Zeitschrift FORTUNIO unter anderem Namen fortführen sollte: als LES CAHIERS DU SUD gab er sie für eine zunehmend internationale Leserschaft heraus, bis im Juni 1973 der Tod seiner Arbeit ein Ende setzte.
Der neue FORTUNIO erschien ab Oktober 1920, bereichert um fortlaufende Kulturnachrichten aus Marseille, um ebenso sensationelle wie aus den Fingern gesogene Interviews mit literarischen Berühmtheiten, die gerade in Indochina oder auf Tahiti weilten, bereichert auch um Premierenberichte aus der Feder eines »Pariser Korrespondenten«, der niemand anders war als Marcel.

Er erzählt uns, mit welchen Schwierigkeiten er fertigwerden mußte: »Ich war Herausgeber, Chefredakteur, Redaktionssekretär, Umbruchspezialist und Alleinvertreter der Verpack-und Frankierbrigade. Die heikelste Aufgabe war der Umbruch, denn man wußte nie, aus welchen Artikeln die Nummer letztendlich bestehen würde. Jeder ließ sich drei, sechs, zehn Seiten reservieren... aber dann, wenn gedruckt werden sollte, sah alles ganz anders aus...«

So beschloß Marcel, einen »elastischen« Fortsetzungsroman zu schreiben; er sollte jene »weißen Flecken« ausfüllen, die von Mitarbeitern zu verantworten waren, welche sich überschätzt hatten.

Meist schrieb er seinen Text in der Druckerei, über den Setzertisch gebeugt, und er hatte dabei ständig die Umbruchspalten im Auge.

Zunächst entstand auf diese Weise »PELUQUES HOCHZEIT«, ein mit leichter Hand zuende geführter Roman, der unter dem Titel »PIROUETTES« 1932 bei Fasquelle erschien. Ab März 1921 folgte »DAS MÄDCHEN MIT DEN DUNKLEN AUGEN«.

In diesem kleinen Roman finden wir mehrere Gestalten aus »PELUQUES HOCHZEIT« wieder: Jacques Panier, hinter dem sich der Autor verbirgt, und natürlich dessen wackeren Schicksalsgefährten, den komischen Philosophen Louis-Irénée Peluque.

Genau wie in »PIROUETTES« erteilt Marcel den Hauptpersonen abwechselnd das Wort, was der Erzählung eine originelle und unterhaltsame Note gibt.

Der improvisierende Romancier, dem keine Zeit blieb, seinen Text zu überarbeiten, offenbart uns hier seine innersten Gefühle über das Trugbild der Liebe, und er läßt spüren, wie illusionslos er die Zerbrechlichkeit des Seins und das unerbittliche Verrinnen der Zeit erlebt.

René Pagnol

Das Mädchen mit den dunklen Augen

Vorbemerkung des Autors

Diese längere Novelle ist ein Auszug aus den *Memoiren von Jacques Panier;* sie enthält die bemerkenswertesten Taten und die bedenkenswertesten Aussprüche des akademischen Philosophen Louis-Irénée Peluque.
Der Autor dieser Memoiren unterließ es in seiner Bescheidenheit, darin ein Porträt seiner selbst zu zeichnen. Da er jedoch in der vorliegenden Episode eine entscheidende Rolle spielt, haben wir den Philosophen gebeten, seinen Freund dem Publikum vorzustellen. Hier nun die Zeilen, die er für unsere Leser geschrieben hat.

M. P.

Mit siebzehn Jahren besuchte Jacques Panier die Philosophieklasse des Gymnasiums, und sein Mentor war ein überaus liebenswürdiger Lehrer, der leider allzu früh verstorben ist.

Er war ein großer, schlanker Junge mit blassem Gesicht, sehr klaren Zügen und den wachen Augen des Heranwachsenden.

Während der philosophischen Stunden, die, wie jeder weiß, zwischen fünf und sieben angesiedelt sind, saßen wir nahe dem Boulevard Chave auf einer Bank am Rande des großen Platzes, welcher La Plaine genannt wird, und er verwickelte mich in endlose Gespräche.

Mal forderte er mit Nachdruck die Wiedereinrichtung der antiken Sklaverei und lieferte mir mit bestechender Logik den Beweis ihrer Notwendigkeit. Ich selbst war durchaus aufgeschlossen für diese Idee, nur mußte sichergestellt sein, daß ich zu den Patriziern gehören würde. Mal wollte er das Strafgesetzbuch durch einen einzigen Paragraphen ersetzen: »Es gibt keine Abstufung des Bösen«, sagte er, »alle Verbrechen, alle Vergehen werden gleichermaßen geahndet, und zwar mittels einer Strafe, die den Schuldigen außerstande setzt, seine Tat zu wiederholen, ich meine damit die vorsorgliche Kopfamputation.« Dann wieder hielt er Reden über die Frauen und über die Rolle, die sie in der Gesellschaft spielen.

»Louis-Irénée«, sprach er, »das traurige Geschlecht regiert die Welt. Sie erziehen die Kinder, sie bestimmen die Sitten, sie fesseln uns in Konventionen, ihre Sklaven sind wir, jawohl, Sklaven! Einer Frau seinen Sitzplatz abzutreten war einst ein Zeichen freundlichen Mitleids; heute ist es nur noch eine inhaltslose Geste, allenfalls steckt eine dumpfe Hoffnung dahinter... In allem, was die Liebe betrifft, tanzen wir nach ihrer Pfeife; wo wir sie früher nur zu nehmen brauchten, haben sie uns dazu gezwungen, sie zu erobern...«

Ein Teil seiner Zeit verging nichtsdestoweniger damit, daß er vor dem Spiegel verschiedene Krawatten ausprobierte und Stelldicheins versäumte, mit der Praxishelferin des Zahnarztes, der Schwester des Akrobaten oder dem Ladenmädchen des Konditors. Er empfand für das schöne Geschlecht ganz allgemein eine Zärtlichkeit, die an Verachtung grenzte: er behauptete, alle Frauen seien gleich und nur weniger Empfindungen fähig. Und was die jungen Mädchen betraf, so war ihm vollkommen unverständlich, daß man sich für »diese einfältigen Wesen mit spitzen Ellbogen« interessieren konnte.

Ein Gedanke, oder vielmehr ein Gefühl verfolgte ihn

unentwegt: das Gefühl der Kürze des Lebens und des unwiederbringlichen Verrinnens der Zeit. Niemals werde ich dabei jene merkwürdige Szene mit dem Pendel vergessen.

Wir waren weit draußen vor der Stadt auf der erhöhten Terrasse seines Landhauses. Der lange, klare Junitag war mit Spaziergängen durch die zahlreichen kleinen Täler vorübergegangen, und wir hatten soeben zwei stattliche Mütter, einen bärtigen Vater, drei schlaksige Gymnasiastinnen und eine reizende junge Frau mit angenehm pummeligen Armen zum Bahnhof gebracht.

Jacques saß sinnend in seinem Korbsessel und rauchte eine Zigarette, während ich in einem alten Schulbuch blätterte: *Die junge Biene des französischen Parnaß*. Die Abenddämmerung, schwermütige Künstlerfreundin aller jungen Mädchen, verwandelte die Hügel zur improvisierten Kulisse, und der halbnackte Sommer träumte unter einem Feigenbaum vor sich hin.

Drinnen im Zimmer stand mitten auf dem Tisch eine Uhr, jenen großen provenzalischen Standuhren nachempfunden, die aus dem freundlichen Dämmerlicht der Dielen emporragen.

Diese Uhr hier war knapp einen Fuß hoch; das blaue Emaillezifferblatt war mit goldenen Ziffern bestückt; ein kleines rundes Loch war unten in das Mahagonigehäuse eingeschnitten, und Sekunde für Sekunde sah man die glänzende Scheibe des Pendels vorüberschwingen.

Jacques beobachtete den Vorgang seit einiger Zeit, dann sagte er:

»Hörst du dieses kleine Ding, Irénée, das den Tod der Sekunden schlägt? Es ist schmal und dunkel und durch die gräßliche Luke sieht das glänzende Pendel wie ein Fallbeil aus. Die schmächtigen Sekunden eilen herbei. Sie strecken den Kopf zur Öffnung hinaus: tick-tack, und schon sind sie tot, auf immer und ewig tot.
Sehr langsamen Schrittes schiebt sich ihre lange Reihe vorwärts: sie sind keineswegs alle gleich, die unzähligen kleinen Schwestern... Es gibt rote und malvenfarbene, die am Rocksaum verwelkte Spuren des Abendrots nachschleppen; andere sind ganz golden, weil sie im Sonnenlicht auf den Zweigen der Mandelbäume getanzt haben; wieder andere sind ganz stumm, ihre dunklen Kleider sind goldgesprenkelt, weil sie auf der lauwarmen Erde im hellen Schatten der freundlichen Kiefern geschlafen haben... dann gibt es nochmals andere, die sich in unseren Träumen, tief im Schweigen, gebadet haben, daher ihre blaue Farbe... Und hier taucht die schönste, die schüchternste auf, die ihr Gesicht in ihrem langen Haar verbirgt... ihr Gang ist verhalten, und sie geht mit geneigtem Haupt: sie hat sich gefährlich nah an halboffene Lippen gewagt, ihre Schleppe verfing sich in einem Kuß.
Tick-tack... Die Abendröte wird immer dunkler, die Mandelbäume sind ernst und traurig, die freundlichen Kiefern werden morgen fallen... Tick-tack, alle unsere Träume waren nur Träume, die Küsse von gestern sind für immer gestorben...«
Er näherte sich dem gleichgültigen Gehäuse. »Uhr«,

sagte er, »du bist ein grauenvoller kleiner Mechanismus, und die Idioten, von denen wir umgeben sind, sehn dir zu, ohne zu erschauern! Sie erfinden Moralsysteme, sie weisen die Freuden des Lebens von sich und treten freiwillig unter das Joch des Leidens. Tick-tack, tick-tack«, sagte er mit sarkastischem Unterton... »Ich aber, ich weiß, was ich verliere... Ich sehe sie, meine Sekunden, unter dunkel herabfallendem Haar gehn sie unbeirrt deinem Fallbeil entgegen... Sie sind traurig und sanft, sie wenden mir ihre flehenden Gesichter zu, und ich kann sie nicht festhalten, ich kann es nicht... Oh Uhr, Uhr, ich hasse dich!«
Er tat ein paar rasche Schritte, packte sie und warf sie brutal auf den Steinboden, wo sie zerbarst.
Und im nächsten Augenblick begann er zu lachen.
»Ich bin albern«, sagte er, »und meine Mutter wird wieder einmal die Katze bestrafen.«
Ich habe diese Episode ausführlich erzählt, weil sie sein wahres Wesen verrät; aber es fehlen immer noch sein Blick, seine Gesten, seine Stimme; wie soll man ohne sie spüren, welch feurige Liebe zum Leben in ihm loderte. Mit neunzehn Jahren errang er seinen ersten akademischen Grad, und auf Anraten seines Vaters bewarb er sich um eine Stelle an der Universität. Aber eines schönen Junimorgens wollte es das Schicksal, daß er einem befreundeten Arzt in die Arme lief, der auf den Schiffen einer großen Reederei die Welt bereiste. Dieser gewandte Mann pries ihm die Vorzüge Palästinas und Ägyptens und wunderte sich, daß er diese Länder noch

nicht besucht hatte. Jacques schämte sich: er schrieb ein kurzes, bündiges Brieflein, wickelte es um das allmorgendlich gebrauchte Rasiermesser seines Vaters und heuerte als Kellner auf der *Albatros* an; dieses Schiff war ausschließlich mit Touristen und Pilgern belegt.

Jacques pflegte den Arzt, als dieser seekrank wurde, verführte einen weiblichen Passagier, sah Jerusalem, Luxor, die Pyramiden und kam drei Monate später mit 5000 Francs in der Tasche wieder nach Hause; auch eine gewisse Anzahl von arabischen Schimpfwörtern, die sich insbesondere auf Mutter und Großeltern des Gesprächspartners bezogen, brachte er mit, dazu mehrere recht schwerwiegende, zukünftige Generationen betreffende Verwünschungen auf Spanisch.

Er war jedoch soeben zwanzig Jahre alt geworden, was bedeutete, daß er in eine ferne Kaserne einzurücken hatte: dort verdankte er sehr bald der Freundschaft mit einem Hauptmann einen begehrten Posten.

Jeden Samstag abend kam er nach Marseille, und wir führten lange Gespräche. Da er Oberlampenwärter war, verbreitete er einen erbärmlichen Petroleumduft. Aber seinen Titel trug er mit Bescheidenheit.

Nach dem Ende der Militärzeit bekam er eine Stelle in einem Pariser Verlag; seine Touren führten ihn durch ganz Frankreich, und einmal im Monat kam er nach Marseille. Inzwischen schloß ich mein Philosophiestudium ab und erhielt eine Lehrerstelle am Gymnasium in Gravière. Ich überlasse es seiner Feder, zu erzählen, wie wir uns wiedertrafen.

Jacques Paniers Bericht

In jenem Jahr genehmigte ich mir nach einer sehr erfolgreichen Tour einen Urlaub.
Schon lange hatte ich nichts mehr vom Philosophen gehört; sein letzter Brief war vor fünf Monaten gekommen und hatte mich auf lakonische Weise darüber informiert, daß er eine Stelle als Philosophielehrer an einem Gymnasium in den Pyrenäen bekommen sollte: aus diesem Grund war ich sehr erstaunt, ihm auf der Plaine wiederzubegegnen.
Es war zwei Uhr nachmittags, und ich ging in aller Seelenruhe spazieren, eine breite ägyptische Zigarette rauchend; die Strahlen einer großmütigen Sonne machten die Januarkälte erträglich.
Ich ging einmal um den weiträumigen Platz und versuchte, die Gesichter von einst wiederzuerkennen... Gymnasiasten mit zu großen Händen deuteten ein Fußballspiel an; sie lachten, markierten die Posen. Ich gehörte nicht mehr zu diesen Gymnasiasten: aus diesem Grund vielleicht erschienen sie mir albern und häßlich.

Die dickbusigen Ammen waren weniger sympathisch, die Verkehrspolizisten sahen funkelnagelneu aus... Aber ich hatte die Freude, den Zeitungsverkäufer wiederzuerkennen und den Kapitän des Torpedobootes... Zum dritten Mal schon ging ich um den Platz, als ich zwischen den beiden Platanenreihen einen jugendlich wirkenden Mann auf mich zukommen sah; das eng taillierte Sakko ließ ihn besonders schlank erscheinen. Er ging ziemlich langsam, mit gesenktem Kopf.

Mein Herz schlug höher, ich beschleunigte meinen Schritt.

Der junge Mann blickte hoch und riß seine grauen Augen weit auf: der Philosoph stand vor mir.

Er stürzte sich auf mich und umarmte mich heftig: dann schob er mich von sich weg, betrachtete mich einen Augenblick und umarmte mich ein zweites Mal. Seine Augen funkelten vor Freude, und ich selbst war noch glücklicher als er.

»Jacques!« sagte er, »da bist du ja!«

Er packte mich jäh am Arm und zerrte mich mit sich fort.

»Ich weiß nicht, wo du herkommst, aber ich weiß, daß du zu Hippolyte gehst, um an meiner Seite diese unverhoffte Begegnung mit Champagner zu begießen. Die Götter sind gnädig, sie schickten dich; Merkur, dem Gott der Reisenden, werden wir ein weißes Jungrind opfern, sobald wir eines besitzen.«

Wir setzten uns in das kleine Bistro von Hippolyte, der hinter seinem frisch verzinkten Tresen thronte.

Als unser Freudenausbruch sich etwas gelegt hatte und

wir einige Gläser geleert hatten, musterte der Philosoph mich lächelnd.
»Jacques«, sagte er, »was machst du?«
»Ich reise noch immer für wohlmeinende Verleger herum«, antwortete ich, »und ich lobe vor gutgläubigen Lehrern unbrauchbare Englisch-, Deutsch- oder Rechenlehrbücher in den Himmel; und dies einzig und allein, um einen gottgesegneten Prozentsatz zu kassieren. Zur Zeit mache ich vier Monate Pause. Aber was treibst du selbst? Ich sehe, du bist aufwendig gekleidet, deine Uhrkette ist eindrucksvoll massiv, dein Sakko wurde von einem Künstler geschneidert und ist von einer Tuchqualität, die mich neugierig macht. Und im übrigen, warum bist du denn in Marseille, wo dich die Pflicht doch in ein ebenso weit entferntes wie wenig bevölkertes Gymnasium ruft?«
»Ich bin jetzt Wärter im Zoologischen Garten«, antwortete der Philosoph ganz unbefangen.
Lachend schaute ich ihn an, und wartete auf eine Erklärung zu diesem Witz.
»Das ist doch absolut normal«, sagte er. »Ich schwöre dir, ich bin Wärter im Zoologischen Garten. Ist das eine Schande?«
»Ich glaube nicht«, antwortete ich. »Aber aufgrund welch widriger Umstände . . .!«
»Ach lassen wir die Umstände den schwangeren Frauen«, sagte der Philosoph. »Es war ganz im Gegenteil ein glücklicher Zufall, der mein Dasein veränderte: Ein Vetter starb, Geld rollte auf mich zu. Ich teilte es in zwei

gleiche Teile auf; einen davon bekam meine sanfte, habgierige Mutter.
Der zweite Teil (der mir nicht streitig gemacht werden kann), bedeutete 9000 Francs Zinsen; das ist wenig für meine Laster, denn sie sind zahlreich und bedeutend. Immerhin verließ ich die Universität, die traurige alte Hirschkuh, deren welke Zitzen nur eine armselige Nahrung spenden. Ich kehrte nach Phokäa zurück und widmete meine glückliche freie Zeit dem endlich eigennützigen Studium der Philosophie. Das Reich der Tiere interessierte mich besonders; also zähle ich nun zu ihren Wärtern; dabei verdiene ich etwas Geld, und ich kann zahlreiche Beobachtungen von höchstem Interesse anstellen; außerdem bin ich ein origineller Wärter; ich trage einen ganz normalen Anzug, und niemand kommt mir mit lästigen Banalitäten. Was hältst du von meinem Einfall?«
Ich fand ihn zumindest merkwürdig; wir unterhielten uns noch lange. Dann zog der Philosoph plötzlich eine extraflache goldene Uhr aus der Tasche und rief:
»Himmel! Viertel nach drei! Du mußt mich entschuldigen. Ich muß den Löwen füttern!«
Und er eilte davon.

An einem Dienstag um elf wartete ich auf den Philosophen am Ausgang des Zoos.
Ein Flamingo schlief, den Kopf unter dem Flügel, beim rauschenden Wasser; ihm gegenüber saß der Pförtner in der Sonne und rauchte seine Pfeife; der gemütvolle Mann sah sie nicht, zwischen den roten Beinen des Vogels hindurch – die riesigen Tempel, die prächtige Sonne, die von Krokodilen bevölkerten Gewässer des Nils, über die der Schatten eines Ibis gleitet.
Der Philosoph unterbrach meine Träumerei: »Sei gegrüßt, hohe Denkerstirn«, sprach er mich an, »ich freue mich, dich zu sehen, denn ich muß dir etwas zeigen.«
Er schob seinen Arm unter den meinen, und wir schlenderten friedlich die Straße hinunter.
»Es ist zehn nach elf«, fuhr er fort. »In drei Minuten sind wir am Boulevard Philipon. In vier Minuten, es sei denn, der liebe Gott hat mir die Freundschaft gekündigt, wirst du in einer modernen Dekoration ein Schauspiel von antikischer Anmut erleben. Wart' und schweig'.«

Wir kamen auf den erwähnten Boulevard; er war nahezu menschenleer; nur ein ziemlich korpulenter Mann kam auf uns zu. Sein Anblick schien meinen Freund heftig zu irritieren.

»O der tumbe Störenfried!« rief er. »Der überhebliche Dummkopf! Blitz und Donner täten gut daran, diesen überheblichen Fettkloß verschwinden zu lassen!«

Diese Beschimpfungen schienen mir in keinem Verhältnis zum Vergehen dieses Individuums zu stehen. Da er aber die Straße überquerte, änderte der Philosoph seinen Tonfall.

»Nein«, sagte er, »nein, er ist intelligent, ein Intuitionsmensch; irgendwie erahnt er die Zusammenhänge. Er ist dickbäuchig, aber sensibel. Da!« sagte er plötzlich, »da schau her, Buchhändler, schau!«

Ich schaute.

Am Ende des langen, grauen, platanenbewachsenen Trottoirs gewahrte ich im kristallenen Sonnenlicht eine schmale, dunkle Gestalt unter dem schwarzen Rand eines Hutes.

Ein Mädchen kam auf uns zu.

Ein einfach geschnittener, die Taille kaum betonender Mantel umhüllte in schönen Linien ihren hochgewachsenen Körper. Über den schlankgeformten, nicht aber dünnen Beinen strafften sich die schimmernden Maschen der Seidenstrümpfe; am leichten Rhythmus ihres Ganges spürte man die Geschmeidigkeit der langen, jungen Muskeln.

O Wunder der Anmut... Die Trambahnschienen lösten

sich auf, der Asphalt erblühte mit Lavendel und Heidekraut, das Getöse der Stadt wurde zum dunklen Rauschen des Waldes ... und ich erblickte Diana, Göttin aus frühen Zeiten im hellen Schultergewand, die Blumenkrone im Haar, wie sie in der Freundlichkeit des griechischen Morgens am Abhang des Pentelikon entlangschritt ...

Das schrille Klingelzeichen eines Trambahnschaffners durchbrach das wundersame Bild. Ein Mann mit spärlichem Bart kam aus einem Haus.

Die übermäßige Größe seiner Füße und der hagere Hals bezeugten das zwanzigste Jahrhundert. Ich sah nicht mehr als eine lächerliche Straße, eine häßliche Straßenlaterne aus grünem Gußeisen und ein junges Mädchen, das auf uns zukam. Der Philosoph faßte mich am Arm.

»Es ist vorbei ... für heute«, sagte er. »Ohnehin ist es besser, du siehst sie mit künstlerischer Distanz, das heißt von weitem; als Mann und aus der Nähe kannst du dich vor ihrer Schönheit nämlich kaum retten ...«

Im Näherkommen blickte sie mich an; ihre Augen waren von mattem, tiefem Schwarz ... ich betrachtete sie mit einer gewissen Neugierde ... Sie senkte den Blick und ging vorbei.

»Peluque«, sagte ich, »sie hat starke, spitze Zähne.«

»Hinreißend spitze Zähne«, sagte der Philosoph, »und von leuchtendem Weiß! Welch zugleich weibliche und kindliche Grazie unter dieser dunklen Strohglocke! Wenn Schwarz nicht eine so traurige Farbe wäre, würde ich sie ›Schwarzkäppchen‹ nennen.«

»Peluque, bei solchen Eckzähnen müßte sich der Wolf vor ihr in acht nehmen und nicht umgekehrt... Außerdem finde ich, daß sie kleine Augen hat.«

»Du meinst sie hat keine großen Augen. Aus diesem Grund schlage ich vor, wir widmen ihr unsere unendliche Dankbarkeit; ich bin der großen Augen überdrüssig; überall sieht man große Augen, sie sind nicht selten ein Zeichen von Dummheit; der Ochse ist Beweis genug. Ihre Augen sind von wunderschönem Schwarz. Mir war der kleinste Opal schon immer lieber als der größte Glasklunker, den die Welt je gesehen hat.«

»Du kannst aber nicht leugnen, daß sie eine niedrige Stirn hat.«

»Weil ihr glockenförmiger Hut sie verdeckt.«

»Louis-Irénée, gestehe bitte auf der Stelle, daß du verliebt bist in sie.«

»Oh nein, das kann ich dir versichern«, rief er. »Niemals würde ich sie durch unziemliche Avancen vom Pfad der Tugend abbringen. Ich bin es leid, der ersten besten die Ehe zu versprechen, und die künstlerischen Wonnen genügen mir, zumindest im Augenblick. Aber sag mir bitte ganz ehrlich deine Meinung. Hast du nicht eine höhere Regung in dir gespürt, als sie vor uns erschien?«

»Mein Freund«, gab ich zurück, »ich gestehe dir, daß ich soeben die Göttin Diana und die Hänge des Pentelikon mitten auf dem Boulevard Philipon gesehen habe; aber ich bin weit davon entfernt, deine Begeisterung zu teilen, denn ein Hang zur genauen Beobachtung vernichtet in mir die Höhenflüge der Phantasie. Wenn ich

unparteiisch sein soll, dann muß ich dir sagen, daß es sich um ein ganz banales junges Mädchen handelt, das allerdings über einen recht angenehmen Blick verfügt; ich habe aber in ihren Augen deutlich die enge Kleinbürgerseele erkannt. Sie lernt ihre Lektionen, putzt ihre Schuhe, trinkt zum Frühstück Milchkaffee. Sie liest gern Romane von Henry Bordeaux (– »Pfui«, warf Peluque dazwischen –), sie spielt mühsam vom Blatt die schmerzhaft blöden Walzer von Octave Crémieux, sie vergeht vor Entzücken bei den angestrengt geistreichen Bühnen-Platitüden von Coppée. Vielleicht ist sie in einen Filmschauspieler verliebt: aber in der Tiefe ihrer praktisch veranlagten Seele weiß sie genau, daß dies alles reine Poesie ist und daß man an so vornehm ideale Männer nicht ernsthaft denken darf.
Und weißt du, was aus ihr einmal wird? Weißt du, was sie für einen Mann heiraten wird? Dein Mädchen mit den dunklen Augen will Apothekerin werden, sie will einen Apotheker heiraten.«
»Wer hat dir das gesagt?« rief der Philosoph.
»Du hast vielleicht bemerkt, mein Freund, daß sie ein dickes Buch und ein dünnes Heft unterm Arm trug. Das dicke Buch war jenes Lehrbuch für Chemie, das ein gewisser Herr Troost verfaßt hat, um die Kandidaten der Pharmazieprüfung zu entmutigen. (– »Zum Teufel mit ihm!« sagte Peluque mit Inbrunst –) Das dünne Heft war ein Prüfungsprogramm, auf dem ich ganz deutlich, in großen Buchstaben das Wort ›Pharmazie‹ habe lesen können.

Kein Zweifel ist erlaubt, Irénée, sie wird Apothekerin werden und einen Apotheker heiraten. Sie werden Pillen drehen, Geld beiseitelegen, Verbandzeug verkaufen und Kinder in die Welt setzen. Und mit jener zarten Hand, in der wir den Göttlichen Bogen der Jägerin wähnten, wird sie die grausamen Abführmittel über den Ladentisch reichen, die den Bandwurm zum Loslassen bewegen sollen...

Sie verhalf uns zu einer wunderbaren Vision. Aber war das ihr Verdienst? War sie etwas anderes als eine Art Katalysator! O mein Freund, alle Schönheit trugen wir in uns selbst...«

Der Philosoph hielt inne, schob seinen Hut zurück und versenkte beide Hände in den Taschen. Dann betrachtete er mich argwöhnisch. Schließlich lächelte er und sprach sehr ernst zu mir.

»Jacques Panier«, sagte er, »hör mir zu; laß uns zunächst einmal die Aufrichtigkeit vornan stellen, die allein zu fruchtbaren Diskussionen verhilft; und wenngleich wir durch eine beklagenswerte Nachlässigkeit verlernt haben, uns des motorischen Ohrmuskels zu bedienen, wende bitte den geneigten Knorpel meiner Stimme zu. Ich habe dir ein junges Mädchen gezeigt. Sie ist nicht die Glasfenster-Heilige mit blassen Augen und langen, unwirklichen Händen; sie ist nicht die Frau mit weich schwellenden Armen, reifem Mund und dunklen Augenbrauen. Sie ist auch nicht das adrette Weibchen mit den betonten Rundungen und den lachenden Augen. Aber der schlanke Körper, die Konturen, die Grazie (die, wie du weißt, sich aus der harmonischen Bewegung der aufeinanderbezogenen Linien ergibt) beschwören unweigerlich das Griechenland der edlen Marmorbilder; heidnisch ist sie, ja sie ist eine heidnische Schönheit; und du, Jacques, der du Anakreon und die Anthologie in Verse übertragen hast, der du über Puget und Michelangelo lästerst zugunsten von Agasias oder Myron, du, der ehrlichste und spontanste Heide, den ich je gekannt habe, warum urteilst du so abfällig und so stur über diese kleine Schwester von Nausikaa? Ich werde es dir sagen, Freund: weil du sie liebst.«

Ich zuckte die Schultern. Aber ich sah, daß er es ernst meinte.

»Louis-Irénée«, sagte ich, »du hast den Verstand verloren.«

»Wenn je aus diesem Munde die leuchtende Wahrheit wie eine Biene entflog, dann kann die Welt in just diesem Augenblick das Wunder bestaunen. Du, der du so schroff die jungen Mädchen verachtest, der du über Lagneaus kindische Liebschaften lachtest, du bist soeben vor meinen Augen der Liebe auf den ersten Blick zum Opfer gefallen. Unmerklich, im Innersten deines Herzens fühltest du dich in deinem Stolz verletzt, als du spürtest, daß sie in ihren dunklen Augen ein Stück von dir entführte ... Und jetzt kämpfst du mit verbissenem Groll; du plädierst gegen sie vor dir selbst, du lehnst dich auf mit nutzlosen Worten, deren übertriebene Schärfe mir sagt, wie stark der Schlag gewesen sein muß, den sie dir versetzt hat.«

»Also Moment mal«, sagte ich, leicht verärgert über seine mitleidige Miene, »ich wüßte nicht, inwiefern diese kleine Gans...«

»Jetzt beschimpfst du sie«, sagte der Philosoph kaltschnäuzig. »Aber es ist ja ganz klar, daß man bei einer so plötzlichen Heimsuchung nicht völlig gelassen bleiben kann und daß ich dein Verhalten mit dem Übermaß deiner unbewußten Verzweiflung entschuldigen muß. Im übrigen solltest du nicht betrübt sein. Gewiß, die Liebe ist eine Krankheit, aber es handelt sich um ein köstliches Fieber, eine Art wollüstige Cholera. Was mich betrifft, so wäre ich hochbeglückt, wenn ich in mir die knisternde Flamme der Leidenschaft auflodern spürte.«

Inzwischen kamen wir in die Nähe des Cours du Châpitre, wo der arme Monticelli wie eine haarige Spinne am marmornen Felsen klebt, die steinerne Frau ins traurige Auge fassend.

»Peluque«, sagte ich, »ich freue mich über deinen netten Scherz im Zusammenhang mit dieser Studentin, denn das gibt mir Gelegenheit, dir zu sagen, daß ich mich nicht verändert habe; ich bin heute wie eh und je, eher noch fester, entschlossen, nicht zu lieben, zumindest nicht in dem Sinne, wie es die Romaneschreiber und die jungen Mädchen verstehen; und da die Vernunft eine glückliche natürliche Veranlagung noch bestärkt, meine ich, daß ich niemals lieben werde.

Ich habe Schopenhauer gelesen und lange über ihn nachgedacht, sowohl an den Stränden von Alexandria als auch in meinem Laternenkeller.

Oh, Peluque, die Natur hat nur ein Ziel: das Überleben der Rasse, und dies garantiert sie auf Kosten des Individuums selbst. Aber wenn die Menschen sich rechtzeitig im klaren wären, welche Arbeit man ihnen auferlegt, dann wären sie intelligent und egoistisch genug, um sich ihr zu entziehen, und genau aus diesem Grunde wird ihnen von der tückischen Mutter Natur die bittere Pille versüßt...

Da sind zum Beispiel ein junger Mann und eine junge Frau: sie werden vom ›Genius der Arterhaltung‹ taxiert, gemustert, verglichen, ohne daß sie es nur ahnen, die Armen! Er ist groß, sie ist klein; er ist dünn, sie ist dick; er ist rothaarig, sie ist brünett; er ist cholerisch, sie ist sanguinisch; er ist kalt und berechnend, sie ist überschwenglich und sentimental. Also werden ihre Nachkommen die goldene Mitte bilden und die Durchschnittsqualität der Rasse weitergeben. Der Fall ist auf der Stelle erledigt: sie lieben sich. Sie wird glauben, daß sie ihn liebt, weil er eine Bourbonennase und gelocktes Haar hat; er wird glauben, daß er sie liebt, weil sie eine hübsche Stimme und schöne Beine hat... Aber ach! Sie lieben sich, weil sie den Befehl bekommen haben.

Und angesichts dieses Befehls hat plötzlich nichts mehr Bestand, wird alles geopfert: Vater, Mutter, Interessen, sogar die Ehre; sie werden ihn ausführen mit der servilen Gründlichkeit eines preußischen Feldwebels, mit der fanatischen Begeisterung der Lemminge.

Und jetzt stellen wir uns vor, die Familie ist gegründet: sofort wird der Genius der Arterhaltung einen weiteren

Befehl erteilen; und siehe da: ihre Kinder sind die schönsten, die stärksten und die intelligentesten, deren Lächeln je unsere alte Welt erleuchtet hat. Auf der Stelle wird diesem Vater und dieser Mutter nichts schöner und begehrenswerter erscheinen, als strebsam für die Neuankömmlinge zu arbeiten, für die auf ewig undankbare Brut zu leben, anstatt für sich selbst...

Oh unendlicher, schmerzlicher, ewiger Betrug... Peluque, ich werde niemals lieben, denn ich habe einen sehr schlechten Charakter, und ich will mich nicht betrügen lassen.«

»Ach was«, antwortete der Philosoph, »du weißt, daß ich ganz und gar deiner Meinung bin in bezug auf die Richtigkeit der Schopenhauerschen Theorien. Aber können uns diese Theorien von der Liebe abbringen? Nein, mein Freund; sobald du liebst, denkst du an all das nicht mehr, und du deutest sogar noch Poesie in die lächerlichen Handlungen hinein, zu denen dein plötzlicher Wahn dich verleitet...«

»Dies ist der zweite Grund, weshalb ich vor der Liebe flüchte«, erwiderte ich. »Letzten Endes würde ich mich vielleicht dazu bereitfinden, einem strengen, von einem Tyrannen erteilten Befehl zu gehorchen, denn ich würde ja bei vollem Bewußtsein gehorchen, in illusionsloser Kenntnis meines Falles. Aber Lächerlichkeit hasse ich wie den Tod. Und was ist lächerlicher als ein Verliebter?«

»Ich wiederhole es, und ich werde es noch tausendmal wiederholen: ein Verliebter ist ein Mann, der, während er sich einem Kommando fügt, glaubt, frei nach seinem

Willen zu handeln ... Im übrigen ist er sich des Zieles, nach dem er strebt, nicht bewußt; die jungen Idealisten, deren Treiben ich jeden Abend beobachten kann, wenn ich an der Traverse Chape vorübergehe, denken nicht im Traum daran, eine Familie zu gründen. Sie halten Händchen, blicken sich tief in die Augen und küssen sich in stummer Inbrunst. Bei alledem geht ihnen das eigentliche Wesen des Kusses nicht auf: der hermetische Verschluß zweier Münder ... und der Mund ist nichts anderes als die obere Öffnung des Verdauungstraktes ... Andererseits glaubt jeder, niemand habe vor ihm so innig, so intensiv, so poetisch geliebt; alles in allem sind sie überzeugt, sie hätten die Liebe erfunden ...«

Wir unterhielten uns noch einige Zeit, bis wir auf der Plaine ankamen. Dort trennten wir uns.

Louis-Irénée Peluque greift wieder zur Feder

Ich übernehme nun den Bericht an der Stelle, wo Jacques stehengeblieben ist: Er war fortan so sehr in das Geschehen verwickelt, daß er unfähig wäre, mit dem nötigen Abstand zu erzählen.
Am folgenden Tag gegen elf Uhr traf ich ihn am Eingang des Zoologischen Gartens. Er schwenkte einen Band der *Anthologie der französischen Dichter der Gegenwart* und rief, gleich als ich auftauchte:

Ich bin jener König aus alten Zeiten
Dessen Reich in der Tiefe des Meeres schläft,
Beim stumpfen Klang der Eisenglocken,
Die allzu viele Lenze schlugen …

Der Pförtner musterte ihn mit betretenen Kugelaugen. »Ich liebe diese vier Verse von Stuart Merrill«*, sagte ich; »ich mag sie sogar lieber als sein berühmtes Gedicht, in dem

* A. d. Ü.: Stuart Fitzrandolph Merrill, amerikanisch-französischer Dichter (1863–1915)

Allein und halb nur noch am Leben, die Nachtigall
In Liebesnöten ihre sanfte Melodie sich singt...

»Ach«, sagte Jacques mit Schmerzensmiene, »bei diesem Gedicht ist mir immer schon schlecht geworden. Stuart Merrill hat eine große Zahl von effektvoll schmelzenden Anlauten eingebaut, schmachtend weich sollten seine Verse klingen: es ist ihm nur allzu gut gelungen. Die übertriebene Alliteration erweckt in mir keineswegs das Bild einer vor Liebe vergehenden Nachtigall; wenn Grasset diese Zeilen in getragenem Ton vorliest, sehe ich deutlich einen entseelten Tintenfisch im Wasser wabbern.«

Es hätte ihm nichts ausgemacht, in diesem Ton fortzufahren, aber ich hielt ihm, während wir den Boulevard längs des Zoologischen Gartens hinunter schlenderten, ein Päckchen Zigaretten hin; dann schob ich meinen Arm unter den seinen und sagte nicht ohne List:

»Jacques, hast du das Mädchen mit den dunklen Augen vergessen?«

Er errötete ganz leicht und lächelte:

»Ich gestehe dir, daß ich an sie gedacht habe«, antwortete er. »Aber nur, weil ich an dich dachte.«

»Du holst mich doch nur ab, um sie wiederzusehen.«

Er zuckte die Schultern und zündete seine Zigarette an.

»Jacques«, fuhr ich fort, »du wärst enttäuscht, wenn du ihr heute nicht begegnen würdest.«

Er antwortete nicht.

»Sollen wir in diese Straßenbahn steigen? Sie fährt über

die Madeleine. Das Mädchen bliebe dir erspart, und wir könnten uns in Ruhe unterhalten.«
»Ich habe überhaupt keinen Grund, ihr aus dem Weg zu gehen«, sagte er und blickte starr geradeaus. »Außerdem ist sie mir nicht mehr ganz gleichgültig, sie war Anlaß zu einem langen Gespräch zwischen uns; und dann beschäftigt sie dich auf sonderbare Weise, und du bist ja mein bester Freund...«
Ich wollte mich gerade bedanken für diese Sympathiebekundung, aber im gleichen Moment setzte er zu einer ebenso philosophischen wie nebulösen Rede an.
Wir waren am Boulevard Philipon angekommen. Jacques redete mit Feuer; sein Tonfall und seine überzeugten Gesten bewiesen, wie ungeheuer fesselnd er die Gedanken fand, die er mir vortrug; seine ganze Aufmerksamkeit galt jedoch dem fernen Ende des grauen Trottoirs, jener Biegung, hinter der das Mädchen auftauchen sollte.
»Nein«, wiederholte er, »tausendmal nein. Die Intelligenz ist mitnichten so wertvoll wie der Instinkt. Es schmeichelt uns, wenn wir einer Fähigkeit, die uns von den Tieren unterscheidet, einen überragenden Wert beimessen.
Da wir aber zugleich Richter und Partei sind, sind wir schlechte Richter. Andererseits hat die Natur die Instinkte geschützt, indem sie den Schmerz geschaffen hat. Sie hat es gemacht wie ein vorsichtiger Geschäftsinhaber, sie hat eine elektrische Klingel installiert. Sie soll behüten, was sie für wertvoll hält. Sobald der Instinkt

gehemmt wird, setzt eine physische oder seelische Schmerzempfindung ein, die uns über diese beklagenswerte Lage in Kenntnis setzt und uns zwingt, nach Abhilfe zu suchen. Oh Peluque, kein Leiden schützt hingegen die subtile Fähigkeit, welche die Tiere ohne weiteres entbehren können; wenn im übrigen die Sünden wider die Intelligenz mit Schmerz verbunden wären, die meisten unserer Zeitgenossen würden unentwegt aufheulen.«

Durch diese Reden bewies mir Jacques Panier seine Arglist; denn er hoffte meine Aufmerksamkeit abzulenken, indem er Thesen vortrug, die mir am Herzen lagen. Ich antwortete ihm mit Verve, ohne jedoch das menschenleere Trottoir aus den Augen zu verlieren.

Das junge Mädchen erschien. Sie blickte auf und bemerkte uns. Im gleichen Augenblick schien sie ganz gebannt von der vorüberfahrenden Straßenbahn, auf jeden Fall wanderte ihr Blick nicht zurück zu uns; nur entging mir die kleine Geste nicht, mit der sie ihre Haare zurechtstrich. Danach knöpfte sie ihren Mantel zu: ungewöhnliche Symptome...

Jacques ließ sie nicht aus den Augen, führte aber seine Rede mit Heftigkeit fort; allerdings merkte ich deutlich, daß seine Gedanken aus der Bahn geraten waren.

Sie kam in unsere Nähe und beschloß, uns ihr gleichgültiges Gesicht doch noch einmal zuzuwenden. Die schwarzen Augen trafen auf Jacques' Augen: in derselben Sekunde erfüllten sie sich mit Leben..., ein Zucken der Lider..., das Mädchen errötete und war an uns vorbei...

Jacques bemühte sich, weiterzusprechen.
»Nimm die Bienen und sag mir, ob das Stadium, in welchem ihre Spezies... nicht wahr... perfekt, die absolute Vollkommenheit... ist es der Zivilisation nicht ebenbürtig?«
Ich ließ ihn reden und zündete eine Zigarette an; er drehte schnell den Kopf, um dem Mädchen nachzuschauen: ich tat das gleiche.
Sie entfernte sich langsam... Plötzlich traf sie Anstalten, die Straße zu überqueren, hielt aber inne am Rand des Trottoirs; mit umständlicher Vorsicht erforschte sie die Straße ihrer ganzen Länge nach. Ihre Augen trafen die unseren. In der nächsten Sekunde eilte sie hastig über die Fahrbahn, um Haaresbreite entging sie einem hupenden Auto; dann verschwand sie an der Ecke der Quatre-Chemins.
Ich grinste schadenfroh.
»Lieber Freund«, rief ich, »du kannst eine heimliche Wahlverwandtschaft nicht leugnen. Hundertmal habe ich sie getroffen; hundertmal habe ich ihr nachgeschaut, wie sie sich entfernte. Nie hat sie sich umgedreht. Jacques, der Genius der Arterhaltung, den du gestern so beschworst, er hat soeben seine Entscheidung getroffen, und ihr habt den wunderbaren schrecklichen Befehl erhalten...«
»Du schaffst es noch, mir das einzureden«, antwortete er lachend. »Aber nein, Peluque, ich versichere dir, daß ich sie nicht liebe; mir sind solche banalen Idyllen zuwider, die auf den Trottoirs entstehen und auch wieder verge-

hen. Ich will dir sagen, warum wir uns beide umgedreht haben: ich habe dieses junge Mädchen schon einmal irgendwo gesehen; vielleicht ist sie sogar eine Freundin meiner Schwester.«

Wir sprachen noch ein wenig über unser Erlebnis, dann versuchte er mit Macht, der Unterhaltung ein anderes Thema zu geben.

Von da an erwartete mich Jacques regelmäßig um elf Uhr, und die kleine Komödie wurde fester Bestandteil unseres Tagesablaufs.

Außerdem traf ich ihn fast jeden Abend auf der Plaine, und wir unterhielten uns, oft allein, gelegentlich mit Lemeunier, unserem Mitschüler aus früheren Zeiten. Dieser Lemeunier, der sehr vermögend war, widmete sich mit Leidenschaft der Mathematik. Er forschte nach dem Schlüssel zum Fermatschen Satz*, lebte förmlich von Abszissen und Tangenten, schlief mit einem Rechenschieber und multiplizierte im Kopf dreistellige Zahlen; seine Hausnummer allerdings kannte er nicht auswendig. Wir sprachen über tausend Dinge und verbrachten die Zeit recht angenehm. Wenn es zu eisig kalt wurde,

* A. d. Ü.: Pierre de Fermat (1601–1665). Der sogenannte Fermatsche Satz ist bis heute nicht vollständig bewiesen. Der Mathematiker Wolfskehl setzte vor dem Ersten Weltkrieg einen Preis von 100 000 Mark für die Lösung aus.

ging ich zu Jacques, setzte mich vor den Kamin in einen mit schwarzem Samt bezogenen Sessel und rauchte eine Pfeife.

Anfangs setzte ich meine spöttischen Anspielungen auf das Mädchen mit den dunklen Augen fort, aber der törichte Buchhändler reagierte ziemlich gereizt; nach einer Woche vermied ich das Thema und begnügte mich damit, meine Beobachtungen für mich selbst anzustellen. »Was hat er vor?« dachte ich mir. Eines ist sicher: die Dinge werden nicht so bleiben. Wenn dieses junge Mädchen ihm gefällt – und das glaube ich –, wird er versuchen, ihre Bekanntschaft zu machen; ganz offiziell oder heimlich, eins von beidem. Aber warum spricht er nicht darüber?

Ich dachte, daß meiner Aufmerksamkeit nichts, keine neuen Fakten entgehen würden; jeden Tag beobachtete ich die Begegnung, um vielleicht eine winzige Veränderung zu entdecken, doch meine Erwartungen wurden enttäuscht. Auf der anderen Seite gestand mir Jacques, er unterhalte eine gewisse Beziehung zu seiner Nachbarin, einer geschiedenen jungen Frau. Anfangs glaubte ich ihm kein Wort. Ich hielt das Geständnis für eine List, mit der er mich auf die falsche Spur leiten wollte. Aber Lemeunier bestätigte mir, daß etwas im Gange war; er hatte, ohne es zu wollen, ein Zwiegespräch mit angehört. Ich wußte nicht mehr, was ich von alldem halten sollte. Vielleicht liebt er sie nicht und betrachtet die Begegnung als alltägliches, reizvolles Zwischenspiel? Vielleicht fühlt er sich einfach geschmeichelt wegen der Aufmerksamkeit, die ihm die Kleine schenkt? Warum aber, wenn das der Fall wäre, diese Verlegenheit zwischen uns? Warum dieses Schweigen, das es in unserer Freundschaft bis dahin nie gegeben hatte?

Also beschloß ich, ein kleines Experiment zu veranstalten. An einem Montagabend sagte ich ihm:

»Jacques, morgen geh' ich nicht arbeiten. Eine Verwandte meiner Mutter kommt aus Lyon. Sie ist reich und betagt. Diese beiden Qualitäten sind es wert, daß ich ihr mein Geleit gewähre. Du brauchst also nicht wie üblich auf mich zu warten, ich werde mich nämlich zum Bahnhof begeben.«

Am folgenden Tag fiel ich nicht auf meine eigene Schwindelei herein, wie das zuweilen passiert, und ich wanderte nicht zum Bahnhof, um eine erfundene Verwandte abzuholen. Nachdem ich meiner Löwin ihre blutige Atzung verabreicht hatte, ging ich in ein kleines Café an der Ecke der Rue Espérandieu. Es war Viertel vor elf.

Ich suchte mir einen Tisch, von dem aus ich den schicksalhaften Boulevard gut überblicken konnte, und flößte mir einen köstlichen Wermuth ein.

Im Lokal befanden sich Angestellte der Straßenbahn in beträchtlicher Zahl. Sie konsumierten Weißwein, und zwar Glas um Glas, und schienen sehr gut aufgelegt. Ich erklärte mir diese fröhliche Trunksucht mit dem allzu häufigen Gebrauch der kleinen Sprechtrompete, die sie an einer Schnur um den Hals hängen hatten.

Um Punkt elf tauchte Jacques auf, was mich nur mäßig

erstaunte. Er ging langsam den Boulevard Philipon entlang und tat so, als lese er eine Sportzeitung. Im selben Augenblick sah ich das Mädchen den Boulevard Longchamp heraufkommen. Sie ging sehr schnell und schaute mehrmals auf ihre Armbanduhr. Die beiden konnten sich noch nicht sehen, wegen des Winkels, den diese beiden Hauptverkehrsstraßen bilden, ich aber beobachtete als neugieriger, bequem postierter Astronom, wie die kleine Konjunktion stattfand.
Im Augenblick, da das Mädchen mit den dunklen Augen um die Ecke bog, verlangsamte es seine Schritte. Mit dem Finger fuhr sie die Wölbung ihrer langen Brauen nach, zupfte ihre braunen Strähnen zurecht und rückte den Gürtel ihres Mantels in die Taille. Danach ging sie weiter, gelösten Schrittes, wie es schien.
Es ist nicht nötig, die bekannte Szene noch einmal zu beschreiben. Sie mimten Gleichgültigkeit, schauten sich an, erröteten; nachdem sie aneinander vorbeigegangen waren, drehten sie sich beide um und tauschten einen Blick. Sobald aber das Mädchen sich entfernt hatte, blieb Jacques am Rand des Trottoirs stehen; lange blickte er ihr nach.
Ich wollte gerade mein hinterhältiges Versteck verlassen und ihn rufen, als ich sah, daß er plötzlich auf eine vorüberfahrende Straßenbahn zustürmte; er schwang sich so vehement auf das Trittbrett, daß ich einen Augenblick befürchtete, er würde durch den Wagen hindurchhechten und auf dem gegenüberliegenden Trottoir landen. Gott sei Dank war meine Angst unbe-

gründet, und ich sah noch, wie dies volkstümliche Gefährt ihn mit sich nahm, hinweg auf den Spuren des holden Kindes, in Richtung Chemin des Chartreux, ewiger Lächerlichkeit entgegen.

Nun war ich mir ganz sicher: Es war etwas zwischen den beiden. Ich nahm mir fest vor, Licht ins vernunftlose Dunkel dieses Abenteuers zu bringen.

Am selben Abend noch, das Essen genußvoll gewürdigt, (man bemerke den jede Übersetzung ins Lateinische zierenden *Ablativus absolutus*) schmauchte ich ein Pfeifchen an der Seite meiner Mutter, die am Kamin saß und einen Strumpf strickte; danach verließ ich das Haus in Richtung Plaine...

Ein großzügiger Mond strafte die gedemütigten Straßenlaternen mit weißer Verachtung; die Luft war lau, und meine Pfeife war mir eine Lust.

Die Turmuhr von Notre-Dame-du-Mont schlug halb acht. Ich spazierte eine Zeitlang über den fast menschenleeren Platz und wartete wie üblich auf meinen Freund. Statt dessen erblickte ich auf der niedrig umlaufenden Brüstung der Fontäne eine schwarze, kegelförmige Gestalt, auf der sich eine weitere, kleinere Gestalt auftürmte, die aber genauso schwarz und und ebenso kegelförmig war. Nur ein roter, glimmender Punkt trennte die beiden.

An diesen Details erkannte ich, daß es mein Freund Babeille war, der sich hier im Samtmantel und mit seiner zuckerhutförmigen Kopfbedeckung am Rand des Bassins niedergelassen hatte.

Ich näherte mich und setzte mich neben ihn, obwohl der Stein mir einen eisigen Empfang bereitete.
»Philosoph«, sprach er, »ich muß dir etwas sagen; oder genauer gesagt, ich hatte dir etwas sehr Eiliges und sehr Bedeutsames mitzuteilen: Leider habe ich es in diesem Augenblick vergessen. Reden wir ein wenig, es wird mir wieder einfallen.«
Ich wunderte mich nicht über diese Art von Gelassenheit. Ich kannte Babeille schon lange. Wer hat ihn, auf der Plaine, nicht gekannt? Er hatte sehr blondes Haar, und er trug es nach Art der Pagen in der Renaissance. Seine Augen waren blau, seine Lippen sehr rot; aber zahllose Sommersprossen übersprenkelten seine weißen Wangen. Er sah aus wie ein Kind von fünfzehn Jahren, und dabei hatten die Republikaner seit seiner Geburt schon siebzehnmal die Kanonen des 14. Juli abgeschossen. (Diese Metapher erscheint mir unendlich viel besser als alle die, welche den Lenz, die böse Winterszeit oder das Fallen der Blätter bemühen. Sie ist jedoch ziemlich unklar; ich nutze die Klammern, um zu erläutern, daß er achtzehn Jahre alt war!)
Noël Babeille war Maler. Er wohnte in der Rue Ferrari unterm Dach, in einem ungemein schmutzigen, wenngleich gut belichteten Atelier. Seine Mutter war Witwe und sah ihn nur in den Phasen, in denen der elende Hunger in ihm die Zuneigung des Sohnes erweckte.
Sein Genie war kaum nachvollziehbar und schwebte so hoch über allem Gängigen, daß die meisten Leute sich über ihn lustig machten und ihn einen Scharlatan nann-

ten: aber er machte sich nichts draus und verharrte in seiner »Synthetischen Kunst«.
Zuweilen machte er jedoch Konzessionen: er malte Schilder und Inschriften, um an jene runden silbernen Scheiben zu kommen, welche die Geschäftsleute mit solch sturem Nachdruck im Tausch gegen ihre Lebensmittel fordern.
»Du triffst mich ziemlich zufrieden an«, sagte er und klopfte die Pfeife an seinem Stock aus. »Ich habe dieser Tage ein exzellentes Geschäft gemacht.
Ich habe für einen Fleischer einen Stoffvorhang bemalt. Er stellt fünf Ferkel dar, die zum Klang einer Flöte tanzen, die wiederum ein junger Hirte bläst. Dieses Werk hat mich zwei Tage Arbeit gekostet und mir dreißig Francs eingebracht; die werde ich gewiß nicht zur Sparkasse tragen. Ich konnte leider nicht meinem Temperament entsprechend arbeiten. Mir selbst überlassen, hätte ich die Idee eines Schweines gemalt, das zum Klang der Idee einer Flöte getanzt hätte, auf der Idee einer Wiese... Verstehst du? Synthetisieren nennt man das. Aber vermutlich hätte mich dieser Fleischer dann nicht bezahlen wollen...«
Er nahm mir das Päckchen Tabak aus der Hand, aus dem ich gerade meine Pfeife gestopft hatte und fing an, seine eigene zu füllen. Innerlich tat mir meine mangelnde Vorsicht leid, denn ich war mir ziemlich sicher, daß ich mein Nikotinkraut nie wieder sehen würde...
»Immerhin, etwas von meiner synthetischen Kunst habe ich schon hineingebracht«, fuhr er fort; »diese alles in

allem banale Stoffbahn trieft förmlich von Wurstigkeit: die Ferkel tanzen zwar, aber sie sind trotzdem nicht ganz lebendig; ihre Füße haben die Farbe von Eingepökeltem, ihre Schnauze ist offenbar gekocht und ihre Schenkel erinnern eher an geräucherten Schinken. Was den Hirten betrifft, so sehen seine Finger wie leckere Würstchen aus und seine Flöte scheint nur darauf zu warten, daß man sie in Scheiben schneidet. Ich darf noch hinzufügen, daß dieser Ephebe ein Aspikgesicht mit Trüffelaugen nebst Leberwurstnase zur Schau trägt.«

»Bewundernswerte Synthese, in der Tat, wenn auch etwas kindisch«, sagte ich. »Babeille, deine Seele ist blond wie die der sanften Wilden im Urwald...«

Er pfiff seinen Hund herbei, den er Flanell getauft hatte, weil er gelb war und von den Hündinnen verabscheut wurde; sie verpaßten keine Gelegenheit, ihn am Ohr zu erwischen.

»Vorhin«, sagte er, »hat ihm dein Freund Jacques Panier, zum Dank für die Freundschaftsbeweise, die ihm das arme Tier entgegenbrachte, einen Tritt in den Bauch versetzt. Dein Freund Panier wird verrückt, sag' ich dir, zum Einsperren verrückt. Er hatte vorhin einen ganz irren Blick, er saß lange hier auf dieser Brüstung und redete wirres Zeug mit sich selbst; dabei ließ er sämtliche Fingergelenke knacken. Ach!« bemerkte er erstaunt, »jetzt weiß ich wieder, was ich dir sagen wollte: Jacques Panier bittet dich dringend, bei ihm vorbeizukommen und dich nicht durch meine Gegenwart davon abhalten zu lassen.«

Ich erhob mich.
»Sag ihm viele Grüße von mir«, fügte der Maler hinzu »und daß ich ihm unter anderem ein schnelles Wiedererlangen seines Verstandes wünsche, wenn er Wert auf meine Freundschaft legt. Er ist viel zu klug, um nicht zu wissen, daß einzig diese Freundschaft ihm eines Tages Ruhm einbringen wird.«
Ich eilte davon, Richtung Rue Terrusse.
»Dein Tabak!« rief er mir nach. Er holte mich ein, und steckte mir einen grauen Papierfetzen in die Tasche – ich spürte die demonstrativ beleidigte Ehrlichkeit.
Ich ging die Rue Terrusse hinunter. Jacques hatte dort, in der Nähe des Boulevard Mérentié, drei Zimmer im ersten Stock eines sehr schönen Hauses gemietet. Es gab da ein Schlafzimmer, das mit einem sehr niedrigen Bett und mehreren kissengeschmückten Diwans ausgestattet war. Gleich daneben lag ein großes Bad und schließlich ein Arbeitszimmer, dessen dunkle Tapete zum stillen Nachdenken verführte. Ein Schreibtisch nahm die Mitte des Raumes ein, er war ebenso exakt rechteckig und nicht weniger geräumig als ein Billardtisch. Die Wände zwischen den beiden Fenstern und zu beiden Seiten des Kamins waren mit fünf Reihen von allerlei Büchern bestückt.
Als ich die Treppe hinaufging, hörte ich die Töne eines Klaviers und jemanden, der dazu sang. Ich erkannte Jacques' Stimme. Er sang jene wunderbare Melodie, mit der A. Lacheurié uns allen bewiesen hat, daß man ein Meisterwerk verschönern kann:

Ich sprach: O Herz, mein schwaches Herz,
*Ist denn des Leides nicht genug?**

Ich öffnete die Tür, die nicht verschlossen war. Jacques drehte sich auf seinem Klavierstuhl und erhob sich. Seine Augen glänzten heftig.

»Irénée«, sprach er, »ich muß dir etwas Außerordentliches mitteilen!«

Er ergriff meine Hände und bat mich, es mir in meinem Lieblingssessel neben dem Kamin bequem zu machen, er selbst setzte sich mir gegenüber.

Der Raum war schwach erhellt, eine elektrische Birne glimmte verborgen in einer blauen Porzellanvase; die tänzelnde Flamme im Kamin beleuchtete unsere ausgestreckten Beine.

Er kam mir sehr blaß vor; als er aus einem metallenen Etui eine Zigarette nahm, merkte ich, daß seine Hand zitterte.

»Ich muß dir etwas Außerordentliches mitteilen«, wiederholte er.

»Ich bin ganz Ohr«, sagte ich, »aber ich vermute, daß das, was du mir sagen willst, für mich nicht unbedingt neu sein wird. Es handelt sich doch um das Mädchen mit den dunklen Augen, oder?«

Er nickte und schien einen Augenblick nachzudenken. Ich konnte dem Wunsch, meine freundschaftlichen Sticheleien loszulassen, nicht widerstehen.

»Ich wette«, fuhr ich fort, »du wirst mir jetzt erzählen,

* A. d. Ü.: Alfred de Musset: *Chanson,* Vers 9 und 10

aus welchem Grund du sie heute morgen mit Hilfe einer Straßenbahn verfolgt hast.«
Sein Gesicht verdüsterte sich, und ich las einen Vorwurf in seinen Augen.
»Du hast mich... bespitzelt?« fragte er. »Nun ja, das hättest du bei etwas mehr Freundschaft und etwas weniger Ironie nicht nötig gehabt. Aber lassen wir das. Hör zu, Peluque: du hast keinen Funken von dieser Geschichte verstanden, von Anfang an nicht.«
Er sprach so ruhig und bestimmt, daß ich meine Augen weit aufriß. »Keinen Funken«, wiederholte er. »Und dies, weil du vom ersten Tag an von ganz falschen Vorstellungen ausgingst. Vom ersten Tag an hast du geglaubt und auch gesagt, daß es sich um eine ganz banale Liebesgeschichte handelt. Unterbrich mich nicht, bitte, und rauche deine Pfeife schweigend weiter.
Ich will in wenigen Worten das Geheimnis lüften, das uns seit einigen Wochen trennt und worunter unsere Freundschaft gelitten zu haben scheint.
Bei unseren ersten Begegnungen mit dem Mädchen hast du ganz deutlich gesehen, daß zwischen ihr und mir ein rätselhaftes Gefühl existiert.«
»So rätselhaft auch wieder nicht«, warf ich ein...
»Sei still. Mit deiner üblichen Oberflächlichkeit hast du verkündet, das sei Liebe: das war dein fundamentaler Irrtum.«
»Wenn du mir eine andere Erklärung angeboten hättest«, rief ich nicht ohne Ironie, »hätte ich zumindest mit mir darüber reden lassen.«

Er zuckte die Schultern.
»Danach wußte ich nur zwei Dinge: Erstens daß ich dem Mädchen gegenüber ein seltsames, tiefes Gefühl empfand. Zweitens daß dieses Gefühl nicht Liebe war. Aber was war es dann? Ich wußte es nicht, und aus diesem Grund vermied ich die Diskussion; denn du hattest leichtes Spiel mit deinem Spott, ich war ziemlich wehrlos dagegen: Du, du hattest eine Erklärung parat. Sie war falsch und dumm, aber es war immerhin eine Erklärung, und ich konnte nichts tun, als sie aus ehrlichem Herzen zu bestreiten. Heute weiß ich, Peluque, was zwischen dem Mädchen und mir war.«
Er blies ein paar Rauchkringel zur Decke hinauf und schien zu träumen. Meine Neugierde war aufgestachelt, aber zugleich verspürte ich eine Art Unbehagen, eine dumpfe Vorahnung.
»Louis-Irénée«, sagte er, »zunächst werde ich dir sorgfältigst Bericht erstatten über alle Schritte, die ich seit zwei Monaten unternommen und mit denen ich den größten Teil meiner Zeit verbracht habe. Sie werden dir ganz gewiß lächerlich erscheinen und werden dich in deinem Irrtum bestätigen: Ich gestehe in der Tat, daß mein Verhalten dem eines ganz banalen Liebhabers ähnlich sein mag, aber im Augenblick, wo du zu deinem schneidenden Spott ansetzen wirst, werde ich dich mit wenigen Worten restlos widerlegen.«
Er war von beeindruckender Selbstsicherheit und schaute mir intensiv ins Gesicht: der Glanz in seinen Augen verstärkte meine Besorgnis.

»Seit zwei Monaten sehe ich das Mädchen mindestens fünfmal am Tag.«

Erleichtert atmete ich auf. Das war sein erstes vernünftiges Wort.

»Welch schattiger Hain, welches Dach verbirgt eure Stelldicheins?«

»Wir haben keine Stelldicheins«, antwortete er lächelnd. Jeden Morgen gegen neun Uhr kommt sie die Alleen herunter. Ich lese meine Zeitung auf einer Bank, und ich sehe sie vorbeigehen. Danach warte ich auf dich am Zoologischen Garten, und dann sehn wir sie beide; am Nachmittag gegen zwei Uhr gehe ich in der Rue du Jardin-des-Plantes unter ihrem Fenster spazieren; daß sie dort wohnt, habe ich längst herausgefunden, und da sie weiß, daß ich da bin, weil sie mich öfter dort gesehen hat, neigt sie sich über die Balkonbrüstung, und ich gehe vorbei. Gegen halb sechs weiß ich ebenfalls, wo ich sie treffen kann. Desgleichen um sieben. Ich lasse es mir nie nehmen, dort aufzutauchen, sie läßt es sich nie nehmen, mir zuzulächeln. Alles sozusagen nach stillschweigender Vereinbarung, denn wir haben niemals ein Wort gewechselt.«

»Jacques«, sagte ich, »es fällt mir schwer, den Grund dieses Treibens zu verstehen; aber es erscheint mir des schüchternsten und verzücktesten aller jungen Liebhaber durchaus würdig.«

»Du urteilst wie die braven Spießer«, sagte er. »Meine wiederholten, scheinbar ziellosen Spaziergänge in besagter Rue du Jardin-des-Plantes haben die Aufmerk-

samkeit zahlloser Klatschtanten und sämtlicher Ladeninhaber auf mich gelenkt.
Der Fleischer glaubt, ich sei von der Polizei und wolle ihn dabei erwischen, daß er die Gemeindesteuern hinterzieht, er verbirgt in keiner Weise seine verächtliche Feindseligkeit. Manchmal gehe ich zu einem Bäcker, um mir ein paar Brioches zu kaufen; anfangs empfing er mich freundlich und ging so weit in seinem Vertrauen, daß er mir sein Herstellungsgeheimnis verriet, aber die Häufigkeit meiner Besuche hat ihn argwöhnisch gemacht. Vorgestern hielt er mir einen unerwarteten Vortrag über die Ehe und schilderte mir auf dramatische Weise, was dem ›Schürzenjäger, der die Frechheit haben sollte, seiner Frau den Hof zu machen‹ passieren würde. Daraus schloß ich, daß er meinte, ich habe es auf die Frau Bäckerin abgesehen, die zwar jung ist, aber kolossal. Also betrete ich diesen Laden lieber nicht mehr. Und das ist noch nicht alles. Das Schicksal wollte es, daß es in der Nähe des Mädchens einen Bügelsalon gibt. Die Büglerinnen dort sind zahlreich und charmant. Jede von ihnen glaubt, ich käme nur für sie: du kannst dir vorstellen, welchem Augengeklimper ich zweimal täglich ausgesetzt bin... ich habe sogar zwei ziemlich glühende Briefe bekommen, wovon einer die Regeln der Schicklichkeit und der Rechtschreibung gleichermaßen verletzt...«
»Also gut«, sagte ich. »Du bist auf dem richtigen Weg, Jacques. Es ist dir gelungen, dich lächerlich zu machen, und wenn die Dinge so weitergehen, werde ich in der

nächsten Revue des *Alcazar* dich zu sehen die Freude haben. Aber diese Komödie muß ja einen Zweck haben. Welchen Zweck?«

»Ich muß mit dem Mädchen reden«, sagte er.

»Mir scheint, du läßt dir reichlich Zeit! Die ganze Geschichte dauert nun schon bald drei Monate, und du hast noch keine günstige Gelegenheit gefunden?«

»Nein. Ihr Weg führt immer durch dieselben Straßen, und die sind viel zu belebt; wenn ich sie da anspreche, würden sich die Passanten einbilden, ich wollte ihr meine Liebe erklären.«

»Und das wäre natürlich ein Irrtum«, sagte ich, »denn das, was du ihr mitzuteilen hast, ist von ganz anderer Bedeutung...«

»Ja, von ungeheurer Bedeutung«, sagte er, »und außerdem ist das, was ich ihr sagen will, so seltsam, so rührend, daß sie mich wahrscheinlich für verrückt halten wird. Ich muß dir gestehen, daß diese Befürchtung meine Schüchternheit nur verstärkt.«

»Ich gehe davon aus, daß du dich nicht wirklich gehemmt fühlst durch die Gegenwart eines Freundes und daß du mir nun unverzüglich dein seltsames Geheimnis anvertrauen wirst.«

Er warf seine Zigarette ins Feuer und schüttelte unentschlossen den Kopf.

»Vor langer, sehr langer Zeit«, sagte er mit dumpfer Stimme, »stand drunten am Meer eine Villa aus weißem Marmor; ringsum lief eine säulengestützte Galerie und bildete mit ihrem Dach eine Terrasse auf der Höhe des ersten Stockwerks... Dort, Peluque, habe ich das Mädchen kennengelernt, es war die Zeit, als Bibulus Konsul war, sie hieß Priscilla und war meine Zwillingsschwester...«

Ich stand unwillkürlich auf, leicht erschrocken über seine merkwürdige Stimmlage, seine langsamen Bewegungen, seinen seltsamen Blick. Ich schaltete das elektrische Licht an, und im grellen Schein des Lüsters tadelte ich ihn schroff. »Aha! ›*Die schönste Geschichte der Welt!*‹, zweite Auflage, extra für mich. Schon bekannt, alter Freund, schon bekannt. Kipling hat nicht auf dich gewartet. Willst du dich über mich lustig machen?«

»Ich wußte ja, daß du mir nicht glauben würdest«, sagte er, »und dennoch...«

»Schweig, Unglückseliger!« rief ich. »Wenn du tatsächlich ernst meinst, was du da sagst, dann bist du verrückt geworden. Ein schöner Psychologe bist du. Der Herr will nicht zugeben, daß er verliebt ist! Nein, das wäre auch zu banal, nicht wahr? Und vor lauter Suchen nach einer Erklärung, die vor dir selbst deine unbeugsame Würde rettet, hast du schließlich diese Geschichte erfunden! Und vor lauter Daran-glauben-wollen hast du dich von ihrer Wahrheit überzeugt, und um die Banalität der Liebe zu vermeiden, wirst du in die groteske Originalität des Wahnsinns verfallen! Sei vorsichtig, Jacques, treib nicht solche Spielchen, ich schwör dir, daß dein Verhalten und deine Reden mir eine Heidenangst einjagen. Hör zu, mein Freund, sei vernünftig, gestehe dir endlich ein, daß du das Mädchen schlicht und ergreifend liebst, sag es ihr auf ganz banale Weise, heirate sie ganz bürgerlich und höre auf, dich in die Rolle des Narren hineinzusteigern. Reiß dich zusammen und zieh dich an, laß uns draußen an der frischen Luft eine Pfeife rauchen. Du brauchst ein paar gute Ratschläge und viele kalte Duschen; heute abend mußt du erst mal mit meinen Ratschlägen vorliebnehmen.«

Er schien niedergeschlagen und sah mich tief betrübt an. »Das ist hart«, sagte er, »und dein spöttischer Unglaube erfüllt mich mit schmerzlichem Staunen. Irénée, du bist mein Freund, mein einziger echter Freund: sei nicht von vornherein so ablehnend. Ich schwöre dir, daß diese Geschichte nicht meiner irren Phantasie entsprungen ist; und wenn du dich selbst an einige Fakten erinnern willst, wirst du sehen, daß sie in der Realität solide Fundamente hat.

Erinnere dich an die paar Worte, die wir über das Mädchen gewechselt haben. Vom ersten Tag an habe ich dir gesagt, daß ich nicht banale Liebe für sie empfinde! Außerdem habe ich dir gesagt, daß ich sie schon irgendwo gesehen habe: erinnerst du dich, Irénée?

Ich erzählte dir damals, sie sei wahrscheinlich eine Freundin meiner Schwester. Daraufhin habe ich meine Schwester gefragt. Sie kennt sie nicht. Wo bin ich ihr also begegnet, wenn nicht in einem jener früheren Leben, die Pythagoras ...«

Ich unterbrach ihn mit eisiger Ironie:

»Bibulus hatten wir schon, es fehlte nur noch Pythagoras. Bald wird die ganze Antike deiner Geschichte Pate stehen, nur weil ein schmachtender Jüngling eine Kleinbürgerstochter liebt. Jacques, jetzt reicht's! Du bist lä-cher-lich, mein Freund, ganz einfach lä-cher-lich. Du wagst es nicht, das hübsche Kind anzusprechen, und daher rührt das ganze Übel. Also werde ich es für dich besorgen, und sie wird eine Verabredung nicht abschlagen, das steht jetzt schon fest. Morgen schon brauchst du nur …«

Aber jetzt geriet er in laute Wut. Aus Freundschaft zu ihm werde ich den Unsinn nicht wiederholen, den er zwei Stunden lang verzapfte. Er vergoß so viele alberne Tränen, daß meine bestickte Weste – eine verehrungswürdige Handarbeit meiner Mutter – ganz naß davon wurde. Das Fazit aller seiner Reden fiel ziemlich ungünstig für mich aus; er erklärte mir, ich sei nicht sein Freund und daß ich endlich die Maske fallenlasse, erfülle ihn mit Genugtuung. Er schwor, mein Geist sei so eng wie eine Dachrinne, ich sei ein niveauloser Clown, ein hinterlistiger Spießer. Um ein Uhr morgens steckte ich ihn ins Bett wie ein kleines Kind, indessen überschüttete er mich nach wie vor mit den grauenvollsten Schmähungen – wenngleich mit leiserer Stimme. Zehn Minuten später konnte ich feststellen, daß der Schlaf ihm nach und nach das Artikulieren von Worten verwehrte. Seufzend nannte er mich »Hanswurst«, und einige Sekunden später erforderte es meine ganze Freundschaft, um noch zu erkennen, daß seine Lippen mich mühsam zum »widerwärtigen Lump« beförderten. Dann entspannten sich seine Züge, und ich erkannte, daß er friedlich schlief. Zunächst zögerte ich, ihn zu verlassen, bis mir einfiel, daß die Torheit noch nie jemanden umgebracht hatte: In nobler Diskretion und auf Zehenspitzen schlich ich mich von dannen.

Der folgende Tag war ein Sonntag; ich stand sehr spät auf, und nach einem zwangsläufig üppigen Mittagessen (denn meine Mutter wollte stets den Sonntag durch zwei zusätzliche Gerichte und ein gewisses Raffinement in der Wahl der Getränke hervorheben), schlenderte ich friedlich, eine Zigarre rauchend, die Rue Saint-Savournin hinunter.

Ich dachte natürlich an den Wahnsinn meines Freundes Jacques und nahm mir vor, ihn gegen fünf zu besuchen. Eine gewisse Unruhe schwelte in mir: Vielleicht erschien mir dieser Sonntag gerade deshalb noch sinnloser, noch dümmer, noch trauriger als alle anderen Sonntage meines Lebens.

An der Ecke des Cours Devilliers stieß ich auf Grasset. Er trug ein graues, eher hübsch geschnittenes Sakko und ging gesenkten Hauptes am äußersten und so selten genutzten Rand des Trottoirs. Seinen Hut hielt er in der Hand und schien wie üblich einem unsichtbaren Leichenwagen zu folgen.

Ich trat ihm entgegen, er hob sein rasiertes Gesicht und tat im selben Augenblick einen Schritt zurück. Alsdann schickte er seiner Rede ein leichtes Verziehen des Mundes voraus und sprach mit düsterer Miene:
»Ich freue mich, dich zu sehen, aber du bist magerer geworden, ich bin sicher, du ißt zu schnell. Du solltest Pepsin-Tabletten schlucken; nimm dich in acht vor deinem Magen.«
Mit einer Art verzweifeltem Stolz legte er seine Hand gegen den untersten Westenknopf und rief:
»Ich leide an einer unheilbaren Magenerweiterung. Falls meine Nieren es solange aushalten, habe ich noch etwa zehn Jahre zu leben.
Es betrübt mich nicht, denn ich weiß genau, daß ich, wenn ich mit dreißig nicht sterbe, mit vierzig blind sein werde. Aber das ist absolut unwichtig.«
Mit einer Geste vollendeter Verachtung räumte er die unerquicklichen Gedanken beiseite.
»Ich wollte dich sowieso treffen, um mit dir über Jacques zu reden«, sagte er, als wir zusammen die Straße hinuntergingen. »Was ist mit ihm los? Ich habe ihn letzte Woche wiedergesehen, und er schien mir auf traurige Weise verändert; da wir uns aber auf der Plattform einer Straßenbahn befanden, konnten wir keine Vertraulichkeiten austauschen.«
»Dichter«, sagte ich zu ihm, »ich weiß über Jacques eine ganze Reihe von seltsamen, verborgenen Dingen, die mich schrecklich belasten; ich lechzte danach, sie einem Freund wie dir anzuvertrauen. Ohne Skrupel werde ich

dich jetzt aufklären, denn ich weiß sehr wohl, daß er dir selbst alles ausführlich darlegen würde. Zunächst mußt du wissen, daß Jacques wirklich und zutiefst verliebt ist.«

»Sehr gut«, sagte der Dichter. »Das habe ich geahnt; weißt du, daß der Mann dieser Frau durchaus das Recht hat, ihn umzubringen?«

»Welcher Mann?« fragte ich. »Sie ist doch gar nicht verheiratet.«

»Ein junges Mädchen also«, sagte Grasset besorgt. »Oh Gott, vermutlich minderjährig, was?«

»Ich glaube ja.«

»Der Vater wird sie mit Sicherheit erwischen, irgendwo an einem kompromittierenden Ort; dann wird es Gezeter und Ohrfeigen geben, und enden wird das Ganze im nächstbesten Gerichtssaal. Und wir beide, wir werden im Zeugenstand erscheinen, um das anständige Verhalten und den hohen moralischen Wert des Angeklagten Jacques Panier zu bestätigen.

Im übrigen muß ich dir sagen, daß ich es schon immer vorausgesehen habe; im Grunde können wir auf der Stelle unsere Aussagen vorbereiten, damit ihre doppelte, aber identische Falschheit nach Ehrlichkeit aussieht. Denn an deiner Miene erkenne ich, daß die Dinge schon recht weit gediehen sind.«

»Grasset«, sprach ich, »verfalle nicht dem Irrtum. Der Vater des jungen Mädchens hat noch keinerlei Anlaß, solche extremen Schritte zu unternehmen. Jacques Panier verfolgt seit Monaten ein Mädchen, das er bisher noch nicht anzusprechen gewagt hat. Er hat Angst davor, sich selbst seine Liebe einzugestehen, und er gleitet unaufhaltsam auf den schwindelnden Abgrund des Wahnsinns zu.«

Der Dichter hielt plötzlich inne. Er öffnete die Arme, blickte zum Himmel. Seine Brust schien einzufallen, während – o Wunder! – der Bauch sich spitz wölbte.

»Peluque«, sagte er, »laß uns gemeinsam weinen; denn wir haben einen Freund verloren. An den Symptomen, die du beschreibst, erkenne ich, daß Jacques von einer unheilbaren Liebe befallen ist. Dieser Mann, der zu einem unserer ruhmreichsten literarischen Köpfe hätte werden können, wird die Treppe der Ehe hinunterpurzeln, endlose Stufen hinab, jämmerlich und unrettbar.

»Er wird es nie wagen, sie anzusprechen«, sagte ich.

»Aber sie wird es wagen«, erwiderte der Dichter grinsend. »Sie wird es wagen!«

»Und wann wird das sein?«

»Es wird sein«, sagte er im Brustton der Überzeugung. »Jacques Panier wird zum Standesamt wandern. Jacques Panier wird in einem Haus wohnen und regelmäßig Miete zahlen. Er wird einen Kamin aus falschem Marmor haben, und auf dem Sims werden eine Kaminuhr und zwei Kandelaber stehen. Er wird Pantoffeln tragen und nach dem Abendessen das Haus nicht mehr verlassen.«

Der Dichter verschränkte die Arme und sprach mit unermeßlicher Verachtung:

»Er wird eine Zeitung abonnieren! Er wird eine politische Meinung haben!«

»Ach was, wir sind ja da, wir werden ihn vor dem Abrutschen in solche Tiefen bewahren...«
Grasset blieb stehen, betrachtete mich einige Sekunden lang und sagte langsam, kühl:
»Sind wir denn anständige Leute, mit denen man Umgang haben kann?«
Und als ich gerade mit großer Würde antworten wollte, schloß er trocken: »Nein, das sind wir nicht.«
Er betrachtete mich schräg von unten herauf.
»Wer bist du?« fragte er in scharfem Ton. »Louis-Irénée Peluque, ehemaliger Philosophie-Lehrer und Amateur-Wärter im Zoologischen Garten. Das Aussprechen des Titels genügt, um dich zum Narren zu stempeln.
Was hast du für Beziehungen? Ein halbes Dutzend kleiner Schuhputzer, mit denen du auf den Trottoirs des Boulevard Chave Himmel und Hölle spielst. Ich rede gar nicht von den zahlreichen Droschkenkutschern, die dich duzen, und auch nicht von dem Plakatkleber, dessen Gesellschaft dir so wichtig ist, wie mir scheint. Dieser ehrbare Arbeitsmann trägt eine Hose, die so dicht mit altem Kleister verklebt ist, daß man sie in die Ecke stellen kann; die Reden, die er führt, mögen ja genial sein, aber dein Strohhut hat an Ansehen eingebüßt, seit seine Papiermütze neben dir spazierengeht. Außerdem bist du Alkoholiker. Ja, mein Freund, du bist Alkoholiker – und dein Spezialcocktail hat dir des öfteren Reden eingegeben, die um so bedauerlicher waren, als du sie öffentlich hieltst. Nein, du bist wahrhaftig kein Umgang, und Jacques Panier wird dich zu sich nach Hause nicht

einladen, weil es seiner Frau vor dir grausen würde, weil seine Schwiegermutter Angst vor dir hätte und weil du mit Sicherheit sein Dienstmädchen verführen würdest …«

Zu Beginn seiner Suada wollte ich ihn mehrmals unterbrechen, um heftig zu protestieren. Aber nach und nach verkroch ich mich in mich selbst und gestand mir ein, daß er in gewisser Weise recht hatte. Aus Rachsucht jedoch, und als Trostpflaster, gestattete ich mir, die Frage umzudrehen.

»Und wie steht es mit dir? Wer bist du? Wovon lebst du? Ich verkehre mit zweifelhaften Kumpanen, aber du? Du gehst mit den Füßen nach innen, das ist schlimmer. Ich bin ein bißchen verrückt, aber ich bin ein ziemlich fröhlicher Verrückter. Dich kennt man als einen geistig Umnachteten von der finsteren Sorte. Du …«

Er unterbrach mich.

»Peluque«, sprach er, »alles, was du zu sagen dich anschickst, wird der schauderhaften Wahrheit nicht annähernd entsprechen. Du weißt nichts von meinen Lastern – ich kenne sie; du hast keine Ahnung von meiner Doppelgesichtigkeit, deren Abgründe mich manchmal selbst erstaunen. Es ist also sinnlos, mich weiter mit Vorwürfen zu überschütten, ich weiß – leider – sehr genau über mich Bescheid.

Die Schlußfolgerung aus der ganzen Geschichte ist absolut klar: Jacques Panier können wir abschreiben, wenn es uns nicht irgendwie gelingt, diese unheilvolle Leidenschaft zu unterbinden.«

Daraufhin erzählte ich ihm, was ich, gewissermaßen aus stellvertretender Scham für unseren Freund, ihm noch nicht zu berichten gewagt hatte. Ich erzählte ihm die Bibulus-Geschichte, die Sache mit der Villa am Meer und die hundert anderen Torheiten, die Jacques am Vorabend von sich gegeben hatte.

Wider jede Erwartung schien er dem keinerlei Wichtigkeit beizumessen.

»Das ist reine Dummheit, mehr nicht«, sagte er. »Er ist nicht verrückter als du und ich. Er ist nur verliebt, was schlimmer ist, Peluque. Wenn wir für ihn Freunde sind, echte Freunde, dann müssen wir ihn aus seiner mißlichen Lage retten; wir müssen ihn von dieser Leidenschaft befreien.«

Einen Augenblick schien er vor sich hinzuträumen, während wir langsam die Rue Consolat hinaufgingen. Dann sagte er:

»Er muß diese gefährliche Intrigantin vergessen. Ein Übel jagt das andere fort... Könnten wir ihn nicht auf irgendein Laster bringen?«

»Er hat schon so viele«, antwortete ich.

»Das stimmt. Ja, das stimmt. Könnten wir nicht seinem Verleger schreiben, damit er ihn in die Schweiz oder nach Italien auf Tournee schickt?«

Ich zuckte die Schultern.

»Es ist leicht, Grimassen zu schneiden«, rief der Dichter erbittert. »Wir müssen unbedingt ein Mittel finden, um ihn zu heilen. Wir müssen ihn von diesem Mädchen trennen!«

»Grasset«, sagte ich, »deine Vorstellungen sind auf idiotische Weise falsch. Wenn mir ein Mittel bekannt wäre, ihn von dem Mädchen zu trennen, würde ich mein ganzes Genie daran setzen, genau dieses Mittel nicht zu verwenden. Wenn Jacques aufhören würde, seine Angebetete zu sehen, würde er eine wunderbare Erinnerung an sie mitnehmen. Sie würde mit allen Vorzügen, mit aller Schönheit, mit denen seine Phantasie sie umgibt, versehen bleiben. Er würde lange darunter leiden, und da die Welt klein ist, würde er ihr eines Tages wiederbegegnen. Unsere Pflicht ist uns, scheint mir, ganz klar vorgezeichnet. Wir müssen die beiden Verliebten einander näherbringen. Hier sollten wir unsere ganzen Fähigkeiten einsetzen, unseren ganzen Einfallsreichtum, den unsere Zuneigung zu einem gefährdeten Freund entfesseln kann. Denn ich bin folgender Meinung: Sobald Jacques das charmante Kind kennenlernt, werden ihm ganz schnell ihre Unzulänglichkeiten aufgehen. Das schöne Trugbild wird entschwinden. Glaub mir, Grasset, o mein Freund! Eine so chimärenhaft exaltierte Liebe wird der banalen, seichten Realität nicht standhalten. Und deshalb werden wir in dieser kleinen Komödie beide mit ingeniöser Kühnheit die Rolle der Regisseure übernehmen.«

In diesem Augenblick spürte ich, wie die hassenswerte Last einer Verantwortung sich auf meine Schultern senkte. Meine natürliche Feigheit drängte mich dazu, sie mit jemandem zu teilen.

Am Montag gegen zwei Uhr traf ich in Hippolytes Bar

Lemeunier. Er trank mit einem Strohhalm ein ziemlich trübes Gemix aus Mandelmilch und Kaffee.

Ich nahm Platz neben ihm, und da ich in seine Diskretion absolutes Vertrauen hatte, erzählte ich ihm im Detail das traurige Abenteuer des Jacques Panier. Meine Schilderung war malerisch, bewegend, tiefsinnig und wahrhaftig. Danach bat ich ihn um Rat.

»Philosoph«, sagte er, »du läßt nach. Ehrlich gestanden und aus tiefstem Herzen, du läßt nach. So weit ist es, daß du geradezu traurig bist, auf jeden Fall lebhaft interessiert an einer alltäglichen und schmerzhaft dümmlichen Geschichte. Erzähl mir nichts von kleinen Mädchen, von Idylle, von Schüchternheit, von Liebe oder Wahnsinn, erzähl mir lieber etwas von Phosphorsäure, von unkompensierter Desassimilation oder von der Kontaktfläche zwischen Rückenmark und Liquor cerebrospinalis. Anstatt mir einen Roman zu erzählen, sag doch einfach folgendes: ›Anhand von diversen Symptomen stelle ich fest, daß bei Jacques Panier der Phosphorgehalt der Grauzellen des Gehirns sich bedeutend verringert hat. Unser Freund leidet an einem physiologischen Ungleichgewicht, das ihn dazu führt, gewisse Fragmente des Universums anders wahrzunehmen als wir.‹ Worauf ich dann antworten werde: ›Also werden wir gemeinsam die Speisenfolgen ausarbeiten, die unseren Freund heilen sollen. Ich rate zu Linsengerichten, Schwarzwurzeln und, besser als Kartoffeln, Weißwurzeln; letztere werden in Wasser gekocht, das man vorher entkalken muß. Außerdem befürworte ich nicht durchgebratene Beef-

steaks und Schweinefleisch; zur Abwechslung auch Seezunge, Kabeljau und Makrele.‹«
Er schraubte seinen Füllfederhalter auf und schickte sich an, diese Menüvorschläge zu notieren.
Ich unterbrach ihn jedoch, deutete auf sein halbvolles Glas und sagte mit freundschaftlichem Nachdruck:
»Lemeunier, es ist für alle Welt sichtbar, daß dieses Gebräu dir den Magen verdorben hat: Räche dich nicht an mir für diesen vorübergehenden Schaden. Du allein bist dafür verantwortlich. Komm, wenn möglich, lieber herunter von deinem wissenschaftlichen Podest. Ich stelle dir eine Aufgabe: Ich möchte Jacques Panier und ein junges Mädchen, das wir einmal X nennen wollen, einander gegenüberstellen. Wie soll man da vorgehen?«
Er nahm einen großen Schluck von seinem Mixgetränk, dann zündete er ohne Eile eine Zigarre an. Endlich sagte er: »Philosoph, du hast recht, wenn du dieses Mädchen mit X bezeichnest. Sie ist dir eine Unbekannte, und du weißt nicht, wie sie reagieren wird. Hier ist mein Plan.«
Er diktierte sich selbst und schrieb auf den Marmortisch:
Klein a: X beobachten und durch analytisches Deuten einiger äußerer Zeichen wie zum Beispiel Gangart, Augenbewegung, wechselnde Erregung der Vasokonstriktoren und der Vasodilatatoren, was ein plötzliches Erröten des Gesichts zur Folge hat, ein annähernd genaues Bild ihrer Gefühle gewinnen.
Klein b: Jacques Panier zur Einsicht bringen, daß er schlicht und ergreifend verliebt ist.«
»Das wird schwierig sein«, rief ich.

»Dann überlaß es mir. Ich übernehme es.«
Er fügte hinzu: »Genug Unsinn geredet! Jetzt werde ich dir eine wichtige Neuigkeit verkünden. Stell dir vor, gestern bin ich in die falsche Straßenbahn gestiegen, und auf der Plattform habe ich plötzlich den Schlüssel zum Fermatschen Satz entdeckt: Die Summe von zwei Quadraten kann ein Quadrat sein, die Summe von zwei Kuben jedoch kann kein Kubus sein. Seit zweihundert Jahren versucht man, das logisch zu beweisen.«
»Ein andermal«, sagte ich, »ein andermal. Es ist jetzt kurz nach zwei Uhr, und mein Dienst im Zoologischen Garten erfordert meine Anwesenheit.«
Ich stand auf, und mit drei Schritten und einem Sprung befand ich mich auf dem Trottoir.
Den ganzen Nachmittag lang studierte ich alle Möglichkeiten, den Plan zu verwirklichen. Vier Tage später hatte ich Teil eins abgehakt: das Mädchen liebte Jacques Panier.
Dann dachte ich an Teil zwei. Lemeunier hatte gesagt:
»Klein b: Jacques Panier zur Einsicht zu bringen, daß er schlicht und ergreifend verliebt ist.«
Lemeunier hatte auch keck die Ausführung übernommen. Konnte man sich aber auf ein so hochgradig spleeniges Individuum verlassen?
An einem Montag abend im Februar ging ich lange auf der Plaine spazieren und rauchte mehrere Meditationszigaretten. Seit einer ganzen Woche hatte ich mit Jacques nicht gesprochen, aber, wie der Leser gleich sehen wird, besaß ich einige genaue Informationen über ihn.

Es herrschte beißende Kälte, als ich seine steile Treppe hinaufstieg. Wie ich aber ohne Vorwarnung seine Tür öffnete, hatte ich die Freude, im Kamin ein schönes Holzfeuer brennen zu sehen.
Jacques saß an seinem Schreibtisch, auf seine Ellbogen gestützt, die Fäuste unterm Kinn. Aber er war nicht allein. Lemeunier saß lässig zurückgelehnt in einem gemütlichen Sessel. Er hatte die Beine auf die Kaminumrandung gelegt und betrachtete mit großer Aufmerksamkeit seine Fußspitzen. Die Hände hingen unbeweglich zum Boden herunter.
Auf dem Sofa saß der Arzt. Er rauchte eine Zigarre von erheblichem Durchmesser und führte gerade eine Theorie aus: »Mein Freund«, sagte er, »wie groß auch die Reize einer Frau von vierzig Jahren sein mögen, machen Sie ihr nie eine Liebeserklärung. Niemals, nein, niemals! Sie würde ihren Griff nicht mehr lockern. Natürlich wären Sie ihre letzte Liebe; und wenn Sie sie dann verlassen wollen – was unvermeidbar kommt –, wird sie Ihnen entsetzliche Vorwürfe machen, Sie hätten ihre Zukunft zerstört und ihre schönsten Hoffnungen im Winde verstreut. Wenn Sie jedoch eine junge Frau lieben, wird sich immer ein verräterisch hilfreicher Freund finden, um sie Ihnen abzunehmen. Glauben Sie mir, machen Sie diese Dummheit nicht!«
»Doktor«, sagte ich und machte die Tür hinter mir zu, »Sie sind unmoralisch, aber Sie haben recht. Wer ist hier derjenige, der eine Frau von vierzig Jahren liebt? Lemeunier oder Jacques?«

»Niemand«, antwortete der Mathematiker. »Er sagt das nur so zum Spaß. Wir haben das Alter überschritten, wo man von reiferen Frauen träumt. Es gibt übrigens ein Gesetz, das ich auf eine Formel bringen möchte:
Alter des Liebhabers plus Alter der Gliebten = Konstante.«
»Das bedeutet?« fragte Jacques.
»Daß die Summe der beiden Alter immer ungefähr zweiundsechzig ausmacht. Anhand meiner Formel wirst du erkennen, daß ein Mann von achtzehn Jahren eine Frau von vierundvierzig liebt; ab dreißig möchte er sie immer jünger, so lange, bis er mit fünfzig jeden Tag knapp am Schwurgericht vorbeilebt. Wieviel Uhr ist es denn?«
»Es ist mindestens sieben«, sagte der Arzt bestimmt.
»Es ist viertel nach neun«, erklärte ich.
»O Gott«, sagte der Doktor. »Ich werde erwartet, ich muß einen Arm in Gips legen. Keine Zeit mehr, zu Abend zu essen. Wiedersehen. Verdammt, verdammt...«
Wortlos räumte Lemeunier seine ausgebreiteten Glieder zusammen, stand auf, ergriff seinen Hut und folgte dem Arzt.
Jacques saß noch immer in sich versunken an seinem Schreibtisch.
»Nicht für dich wären die guten Ratschläge des Doktors sinnvoll«, sagte ich. »Nicht du könntest dich in eine Dame verlieben, der der Briefträger schon vierzigmal den Jahreskalender gebracht hat. (Entschuldige die

Geschraubtheit dieses Satzes, aber ich habe mehr noch als du darunter gelitten, artikulationstechnisch gesehen.) Nein, nicht du hättest Lust, eine allzu reife Frucht zu pflücken. Wie bei den schönen Begräbnissen bekommst du nur frische Blumen ...«

Er betrachtete mich reglos, auf die Glasplatte seines Schreibtisches aufgestützt. »Irénée«, sagte er plötzlich, »wenn du heute abend nicht gekommen wärst, dann wäre ich zu dir gekommen. Ich muß dir so vieles erzählen. Aber da es ziemlich lächerliche Dinge sind, wirst du mir erlauben, das elektrische Licht auszuschalten.«

Das tat er denn auch. Nur das absterbende Feuer beleuchtete noch etwas die Sesselfüße. Ich ließ mich bequem auf dem Sofa nieder und stopfte gemächlich meine Pfeife.

»Irénée«, fuhr er fort, »ich bin ein Idiot. Ich spinne nicht erst seit gestern. Aber ich habe es erst unlängst gemerkt.«

Ein guter Anfang, dachte ich, aber ich sagte kein Wort.

»Du hattest recht, absolut recht. Ich bin verliebt in das Mädchen mit den dunklen Augen, und dies seit dem ersten Tag, als wir sie sahen. Glaub' aber bitte nicht, ich hätte dich irreführen wollen, als ich an dieser Stelle hier tausend törichte Dinge von mir gab. Ich schwöre dir, ich war absolut ehrlich; ich war eher zu bemitleiden als zu rügen. Du kennst mich. Du weißt, wie eitel ich bin, nicht von banaler Eitelkeit, nein, sondern von philosophischer Eitelkeit. Ich möchte dir ein Beispiel nennen, indem ich dir eine Anekdote erzähle.

Ich war neun Jahre alt, als ich eines Spätnachmittags im Sommer das Schulgebäude verließ und auf dem linken Bürgersteig die Rue Thiers entlangging. Ich dachte über einen Unfall nach, von dem mir mein Banknachbar gerade erzählt hatte: Er hatte mitangesehen, wie ein älterer Herr von einem herunterfallenden Tonkrug erschlagen worden war, und meinem Kinderhirn drängte sich die Frage auf, aus welchem Mißgeschick heraus der Spaziergang dieses Mannes genau die senkrechte Fallinie des Gefäßes hatte treffen müssen. Ich hatte vom Schicksal gehört. Ich hatte alte Weiblein sagen hören: ›Wem die Stunde schlägt...‹ Ich hatte das deutliche Gefühl, daß wir nicht frei sind.

Natürlich war das keine begriffliche Anschauung. Ich war noch gar zu jung, um mich zur reinen Idee emporzuschwingen. Es war ein kategorisches Gefühl, gestützt von konkreten Bildern; ich schaute auf und blickte geradeaus auf den Weg, den ich zurücklegen würde.

Ich werde jetzt dieses ganze Trottoir entlanggehen, dachte ich. Ich werde es verlassen, um die Rue du Loisir zu überqueren. Danach werde ich einen kleinen Umweg machen, um das Schaufenster der Kräuterhändlerin zu vermeiden; heute ist der sechzehnte November, es ist zehn nach vier. Nun: all das war vorgesehen, entschieden, seit langem festgelegt. Mein Wille ist in keiner Weise daran beteiligt; ich bin ein Sklave, ein Sklave...

Kalte Wut packte mich, in meinem Kinderherzen spürte ich einen wilden Haß gegen den unbekannten Herrscher und Sklavenhalter aufgrollen.

Nein, sagte ich mir; ich will nicht bis zum Ende diesem Trottoir folgen. Ich werde nicht am Obstladen vorbeigehen; ich will dem PROGRAMM nicht folgen. Ich will kein Sklave sein!

Ich ging bewußt über die Straße und marschierte auf der anderen Seite in die andere Richtung, schlug plötzliche Haken und machte unerwartete Sprünge. Die Hände in den Taschen wiederholte ich drei- oder viermal diese Nummer, und mein freches Pfeifen galt dem Schicksal höchstpersönlich.

In meiner Tasche trafen meine Finger auf eine Münze; ich dachte, daß sie in der Tiefe meines Herzens zum Kauf einer Lakritzestange bestimmt war; mit fröhlich herausforderndem Grinsen warf ich sie in den Schlund einer Kanalöffnung.

Gegen halb sechs kam ich dann nach Hause; meine Mutter grämte sich vor Angst. Sie machte mir bittere Vorwürfe wegen dieser Verspätung. Ich entschuldigte mich keineswegs; ich spürte, daß sie nicht verstehen konnte, welch wunderbarer Stolz in meinen Augen funkelte.

Gewiß mein Freund, diese kleine Komödie auf einem Trottoir der Rue Thiers war albern; es ist ganz klar, daß meine Auflehnung selbst und die Gesten, die sie zum Ausdruck brachten, eben gerade vorausgesehen und determiniert waren durch die unausweichliche Verkettung von Ursache und Wirkung. Das kleine Erlebnis aber habe ich dir erzählt, damit du meinen Geisteszustand besser verstehst. Ich hasse den HERRSCHER. Nicht den realen, äußeren Herrscher, sondern den, der sich in uns einnistet. Ich befürchte, daß ich plötzlich zum Diener und Hanswurst einer Leidenschaft, eines Lasters oder auch nur eines Triebes werde.«

»Willst du behaupten, du hättest weder Leidenschaft noch Laster?« rief ich.

»Ich habe welche, aber die habe ich akzeptiert. Es gibt Laster, die angenehm sind, weil sie schmücken; andere wirken aristokratisch, wieder andere anziehend und geheimnisvoll. Hingegen gibt es gewisse Laster und gewisse Leidenschaften, die ihre Träger lächerlich machen. Die will ich vermeiden. Darunter verstehe ich an erster Stelle die LIEBE, die unästhetische, die groteske Liebe...«

»Mir scheint aber doch, du hast mir gerade gestanden...«

Er unterbrach mich heftig:

»Ja ja, ich habe es gesagt, ich liebe es, das Mädchen. Die Armut unserer Sprache hat mir diese burleske Vokabel aufgedrängt. Bei allen Gelegenheiten hat sie zu dienen: Ich liebe meinen Vater, Ich liebe meinen Nächsten wie mich selbst, Ich liebe des Jagdhorns Klageton, abends tief im Walde*, Ich liebe das Angeln, Ich liebe ein junges Mädchen, Ich liebe Venusmuscheln. Es gibt aber Nuancen, Peluque. Es gibt sogar eklatante Unterschiede... Obwohl ich also dieses Verb gebraucht habe, glaub' bitte nicht, ich empfände das banale, lächerliche Gefühl,

* A. d. Ü.: Anfangszeile des Gedichts *Le Cor* von Alfred de Vigny.

an dem das Kino so gut verdient. Ich bin nicht der idyllische Jüngling, Irénée… Außerdem ist mir brutale Begierde vollkommen fremd; ich habe in keiner Weise das Bedürfnis, mit ihrer freundlichen Mitwirkung eine Großfamilie zu gründen. Nein, ich schwöre es, ich denke sehr oft an sie und ich bin sehr glücklich, sie an mir vorbeigehen zu sehen; mir scheint, es gibt zwischen uns etwas sehr Einfaches, sehr Zartes, eine Art stumme Freundschaft… Am Abend lehne ich an meinem Fenster und betrachte das ferne Dach ihres Hauses; du kannst es sehen, dort drüben, es ragt über die anderen Dächer hinaus; und dann denke ich, daß sie dort ist, daß sie dort lebt, und ich bin zufrieden.

Und manchmal stütze ich den Kopf in meine Hände, schließe die Augen und träume… Ich schwebe in der siderischen Nacht, der endlos weiten Nacht der Sternenräume: Ich sehe den Reigen der Planeten, der großen bläulichen Planeten, wie sie ihre Umlaufbahn entlangsausen und Tunnels in das Herz der Stille bohren…

Und plötzlich suche ich die Augen der Erde, unserer Erde, wie in jenem Sonnett von Laforgue. Sie ist halb gelb, halb blau, wie ein Karnevalskostüm. Auf der dicken Kugel suche ich eine Stadt. Im Herzen dieser Stadt suche ich eine Straße. Und in dieser Straße sehe ich sie, das winzige Augenblicksgeschöpf, atomartig klein unter der Glocke ihres Huts, kaum wahrnehmbar vor der gewaltigen Kulisse des märchenhaften Welttheaters. Dann verachte ich alles andere; ich vergesse die schwindelerregenden Sonnen und die kolossalen Planeten; und ich denke, der Augapfel ist unermeßlicher für mich als die Unendlichkeit der Welten.«

Ich dachte: »Jetzt wird er wahrlich lyrisch. Wenn ich ihn nicht bremse, wird er noch lange in diesem Ton fortfahren...«

Während er zu einer neuen Beweisführung anhob, fiel mir ein, – und war nicht wenig erstaunt darüber – daß Lemeunier sein Versprechen gehalten hatte. Jacques gestand mir – wenn auch mit ein paar Einschränkungen –, daß er das Mädchen liebte. Wie war es dem Mathematomanen gelungen, ein solches Resultat zu erreichen? Obwohl er meine Gedanken nicht kennen konnte, gab mir Jacques sofort eine Erklärung.

»Wenn ich sie übrigens auf ganz banale Weise lieben würde«, sagte er, »dann würdest du mich in diesem Augenblick vor Eifersucht vergehen sehen.«

»Vor Eifersucht?«

»Ja, doch! Die Eifersucht ist bekanntlich die groteske Folge einer unglücklichen Liebe. Du sähest mich von gewaltigen Ausbrüchen geschüttelt, voll von giftsprühendem Haß gegen diesen jungen Schwachkopf...

Was, du weißt es nicht? Lemeunier kennt das Mädchen. Er war mit mir unterwegs, und da hat er sie gesehen und bemerkt. Soeben hat er mir mitgeteilt, sie sei letzten Donnerstag auf einem einsamen Weg im Borély-Park spazierengegangen. Ein Bursche mit sehr dunklem, langem, gelocktem Haar begleitete sie...«

»Das ist ja neu!« rief ich. (Zugleich schickte ich per telepathischer Telegraphie mehrere Glückwunschbotschaften an Lemeunier) »Wer hat dir die Beschreibung des jungen Mannes gegeben?«

»Ich habe ihn selbst gesehen«, antwortete er. »Er folgte ihr auf der Straße, eben an dem Tag, als mich Lemeunier begleitete.

Er hat sehr kleine Augen, das dünne Blut der Degenerierten fließt kläglich durch seine durchsichtigen Ohren. Aber seine Miene ist friedlich und selbstzufrieden, er scheint keineswegs zu leiden unter seiner vom Kretinismus gezeichneten Visage...«

»Ach was, Liebe macht blind«, sagte ich.

Er wurde etwas blasser, hüstelte und zuckte mehrmals die Schultern.

Ich spielte ihm mein natürlichstes Gesicht vor.

»Solange du nicht eifersüchtig bist, liebst du sie nicht. Der Beweis ist erbracht.«

»Ich? Eifersüchtig?« sagte er höhnisch. »Gott sei Dank nein, ich empfinde allenfalls ein wenig Mißmut. Es ist mir peinlich, ich gestehe es, daß das Mädchen, dem ich eine so erlesene Freundschaft widmete, sich in der Gesellschaft eines Degenerierten gefällt... Übrigens halte ich sie nicht für sehr intelligent«, sagte er wegwerfend. »Sie hat eine niedrige Stirn... Sie hat...«

»Jacques«, sagte ich, »ich glaube nicht, daß sie dieses Individuum liebt.«

»Warum?« fragte er heftig. »Hast du denn Grund anzunehmen...«

»Ruhe, jetzt werde ich reden; ich zünde meine Pfeife an. Ich werde reden. Ich rede. Ich gestehe, daß ich nicht weiß, wie ich das Gefühl in deiner Brust benennen soll; es bestehen signifikante Unterschiede zur Liebe, obwohl wir aus Gründen der sprachlichen Armut gezwungen sind, das Verb ›lieben‹ zu verwenden. Ich glaube aber dir sagen zu können, welches die Gefühle des Mädchens dir gegenüber sind...«

Sein Gesicht wurde plötzlich lebendig.

»Wie denn das?« fragte er, »wie kommst du denn dazu?«

»Ganz einfach... ganz einfach...«

In diesem Augenblick ging die Tür auf. Félix-Antoine Grasset trat herein, einen breiten grauen Filzhut auf dem Kopf. Der zweireihige Mantel betonte seine Schultern... In der Hand trug er einen Bund langer brauner Hülsenfrüchte; ich erkannte, daß es Johannisbrot war, eine Art von halbtrockenen, großen Bohnenschoten voller Kerne und nahrhafter Flüssigkeit; man gibt es den Pferden zu fressen. Er warf den Bund auf den Schreibtisch, setzte sich in den Sessel und begann wortlos an einer Hülse zu lutschen. Jacques hatte übrigens seine Ankunft kaum wahrgenommen.

»Na?« wiederholte er mit großer Ungeduld. »Was weißt du? Wie kannst du wissen...?«

»Ich bin dir gefolgt. Ich bin ihr gefolgt. Ich bin euch gefolgt...«

»Handelt es sich hier um eine Grammatikübung oder um einen Kriminalroman?« fragte Grasset.

Jacques antwortete nicht, aber er machte einen Schritt in meine Richtung.

»Vieles weist daraufhin. Zum Beispiel gefällt mir die

Tatsache, daß das Mädchen immer denselben Weg geht, immer zur selben Zeit. Sie begegnet dir fünfmal am Tag. Wenn sie dich ungern sähe, fiele es ihr nicht schwer, ihren Weg zu ändern ... Daraus schließe ich, daß sie dir gerne begegnet.«

»Das stimmt vielleicht«, rief Jacques mit froher Überzeugung. »Das ist mir auch aufgefallen ...«

»Was hältst du davon, Grasset? Was denkst du?«

Der Dichter wandte uns ein ausdrucksloses Gesicht zu.

»Ich denke gar nichts«, antwortete er. »Ich esse Johannisbrot.«

»Fahren wir fort«, sagte ich. »Einige Minuten bevor sie den Ort der Begegnung erreicht, putzt sich das Mädchen auf, wenn ich das so nennen darf. Zunächst fährt sie mit einem Finger über ihre Augenbrauen; dann rückt sie, die Schaufenster nützend, ihren Hut zurecht; sie zupft an den Locken, die darunter hervorschauen; danach prüft sie die genaue Übereinstimmung von Kleid und Unterkleid, indem sie mit einer Hand über ihren Rücken fährt; schließlich geht sie weiter und beißt auf ihren Lippen herum, damit sie rot werden ... (So spart, wie du weißt, die Kleinbürgerfrau den Lippenstift.) Diese ganzen Details sind recht vielsagend.«

Er stand auf, die Hände in den Taschen. Ich spürte seine innere Freude.

»Das genügt!« sagte er. Seine Stimme vibrierte wie ein dünnes Goldblättchen.

»Wenn sie in deine Nähe kommt, tut sie so, als würde sie dich nicht sehen. Aber man spürt etwas, was ein Mann,

der die Frauen liebt – also einer wie ich – unfehlbar entdeckt: den Willen zur Schönheit, den Wunsch, in einem bestimmten Moment, vor einem bestimmten Mann schön zu sein. An diesem Zeichen habe ich erkannt, Jacques, daß das Mädchen dich liebt ...«
Zunächst sagte er nichts und setzte sich in einen Sessel nahe am Kamin. Dann wandte er sich an Grasset:
»Was meinst du, Psychologe?«
»Was ich meine«, antwortete Grasset, »ist von leuchtender Klarheit: Wenn ihr euch nicht beeilt, von diesem Johannisbrot zu essen, wird nichts mehr übrigbleiben.«
Er knabberte eine neue Schote an.
»Es gibt noch andere Zeichen«, fügte ich hinzu. »Hast du bemerkt, daß sich das Mädchen nie umdreht, wenn eine Freundin dabei ist? Im Gegenteil ... Sie spricht zu ihrer Begleiterin mit großer Beredsamkeit, damit diese dich auf keinen Fall bemerkt. Wenn das Mädchen dich nicht lieben würde, Jacques, dann hätte sie die ganze Geschichte schon längst ihren Freundinnen erzählt ... Sie hätte sie eine nach der anderen mitgebracht, zum Spaß, um die Szene zu genießen, und sie hätte dir ins Gesicht gelacht ... Der Schluß, den ich daraus ziehe, ist eindeutig: Wie man das auch nennen mag, was du für sie empfindest, das Gefühl jedenfalls, das sie dir entgegenbringt, nennt sich ganz banal und hinreißend – Liebe.«
In diesem Augenblick unterbrach Grasset sein merkwürdiges Mahl und hustete heftig. Wir schauten ihn erstaunt an: Der Hustenanfall endete in einem unerklärlichen Lachanfall.

Jacques schien selig... Er holte eine dickbäuchige Flasche und drei kleine Gläser aus seinem Büffet.
»Was soll ich tun?« fragte er mich.
»Zunächst wirst du mir gestatten, daß ich jetzt diese Gläser fülle. Danach werde ich dir eine Frage stellen.«
Ich nahm ihm die Flasche aus der Hand und goß mit sparsamer Großzügigkeit (diese Wortpaarung muß ich erklären: ich goß keinen Tropfen daneben, die Gläschen waren jedoch so wunderbar voll, daß sie das Phänomen der Oberflächenspannung veranschaulichten) von dem goldenen Likör in die Gläschen.
»Jacques«, rief ich, »was ist dein Ziel?«
Er wirkte plötzlich sehr unentschlossen.
»Willst du mit ihr sprechen?«
»Vielleicht...« antwortete er nach einigem Zögern. »Ich möchte vor allem ihre Stimme hören... Du kannst dir nicht vorstellen, wie sehr ich mir wünsche, ihre Stimme zu hören.«
»Dieser Wunsch ist nicht schwer zu erfüllen: Sprich sie doch auf der Straße an.«
»Das auf gar keinen Fall!« rief er. »Ich hab' dir auch schon gesagt, warum.«
»Soll ich sie für dich ansprechen? Ich könnte ihr ein Briefchen geben.«
»Bist du wahnsinnig?« sagte er heftig. »Solche Mittel sind banal und dumm, ja vulgär... Ich werde nachdenken... Ich werde einen Weg finden...«
»Ich nehme an, der gelockte Herr wird nicht so lange nachdenken«, sagte ich mit einer Spur von Tücke.

Er wurde ein wenig blaß und fragte dann:
»Hast du ihn gesehen, diesen Kerl?«
»Nie«, antwortete ich. »Aber laß uns morgen weiterreden. Letztlich drängt uns ja nichts. Ich habe zwei Verabredungen heute abend um zehn… Du wirst es mir erlauben, abzuhauen: ich habe gerade noch Zeit, zu Hippolyte zu laufen…«
Ich leerte mein Glas, nahm meinen Hut und machte mich auf und davon… Als ich schon die Treppe hinunterhastete, neigte sich Jacques noch über das Geländer und rief: »Wahrscheinlich werde ich dich morgen so gegen zehn im Zoologischen Garten besuchen.«
»Ist gut, ich erwarte dich…«
Ich erfuhr erst später, was sich nach meinem Weggang ereignet hatte. Aber um es dem Leser leichter zu machen, werde ich es hier schon niederschreiben.
Kaum hatte ich die Tür zugemacht, setzte sich Jacques Grasset gegenüber.
»Was hältst du von der ganzen Geschichte?« fragte er ihn zum zehnten Mal.
Der Dichter lachte bitter; dann richtete er einen mitleidvollen Blick auf den Buchhändler und sagte schlicht:
»Ich glaube, daß Peluque sich über dich lustig macht.«
»Woraus schließt du das?« rief Jacques fast aggressiv.
»Meine Argumente sind einfach, aber solide. (Komm, iß Johannisbrot.) Sie haben nichts gemeinsam mit den Sophismen, womit dich ein böser Witzbold einlullt.«
Jacques begann den Nagel seines Zeigefingers zu benagen und meinte dann:

»Wo siehst du da einen Sophismus?«
»Eigentlich sind es nicht einmal Sophismen«, versetzte der Dichter, »sondern ganz einfach unfundierte Behauptungen, die gegen den gesunden Menschenverstand verstoßen.«
Er zog ein ledernes Etui aus der Tasche und rückte seinen Kneifer zurecht.
»Überlege einen Augenblick, wenn du überhaupt dazu fähig bist. Peluque erkennt einen Beweis der Liebe in der Tatsache, daß das Mädchen weder seine Uhrzeit noch seinen Weg ändert.«
»In der Tat«, sagte Jacques mit Nachdruck. »Du wirst feststellen . . .«
»Glaubst du denn wirklich, daß alle Frauen, sobald ein Idiot auf ihren Spuren wandelt, sich klaglos verziehen? Daß sie sich eine Straße versagen, weil dort täglich ein gockelhaftes Individuum herumstolziert? Diese Anmaßung ist grotesk. Wenn das besagte junge Mädchen weiterhin denselben Boulevard benutzt, dann heißt das, daß sie noch dieselbe Adresse hat. Und ich sehe hier sogar einen Beweis der absoluten Gleichgültigkeit dir gegenüber. (Iß doch Johannisbrot.)«
Jacques' Gesicht verdüsterte sich; er begann ganz automatisch an einer Schote zu lutschen.
»Der zweite Beweis: das Mädchen betrachtet sich im Schaufenster. Ganz ehrlich, Freund, hast du darüber nachgedacht? Es genügt also, daß eine Frau, wenn sie am Schaufenster eines Geschäfts vorbeigeht, ihr Spiegelbild betrachtet, und schon ist bewiesen, daß sie Jacques

Panier liebt? Da hast du aber viele Liebschaften in Aussicht!«

Das schallende Gelächter, das auf diese Persiflage folgte, verunsicherte Jacques erheblich. Er begann ebenfalls zu lachen; aber es war deutlich, daß er es mit dem falschen Mundwinkel tat..., wie die Engländer sagen.

»Weiter«, fuhr Grasset fort. »Das Mädchen beißt, aus unschuldiger Koketterie, auf ihren Lippen herum; also liebt sie dich.

Und noch ein Beweis: das Mädchen kommt manchmal mit einer Freundin vorbei und redet mit ihr; sie macht sich nicht lustig über dich, sie zeigt nicht mit dem Finger auf dich und haut sich nicht auf die Schenkel vor Fröhlichkeit wie ein Fabrikmädchen: also liebt sie dich. Aber nein, mein armer Freund, das beweist ganz einfach, daß sie wohlerzogen ist und sich auf der Straße zu benehmen weiß.

Und schließlich hat Peluque ganz deutlich den Willen zur Schönheit bei ihr erkannt. Er hat wirklich gute Augen; sein psychologischer Tiefblick ist gewiß durchdringend... Ich kann mir jedoch nur erklären, daß er sich, wenn es um seine eigenen Angelegenheiten geht, zuweilen irrt...«

Der Dichter wurde ironisch.

»Bei welcher Gelegenheit?« fragte Jacques.

»Vorgestern hat er sich erlaubt, eine recht hübsche Frau zu küssen, nachdem sie seinen Clownerien amüsiert zugesehen und den Anschein von Geneigtheit erweckt hatte.

Hatte er in ihr den besagten Willen zur Schönheit erkannt? Ich weiß es nicht. Die Dame jedenfalls hat sich für die Huldigung mit einer Reihe von Ohrfeigen bedankt, es klatschte wie Beifallssalven. Die Sache kam dem Ehemann zu Ohren. Dieser Herr ist nicht sanft im Umgang. Jetzt sucht er Peluque, um ihm einen Tritt in den Hintern zu versetzen. Einen Tritt in seinen feinbäkkig-ästhetischen Hintern, und unser Philosoph mag selbst darin eine Spielart des famosen Willens zur Schönheit entdecken.«

Als Jacques Grassets Wortspiel hörte, war er verwirrt. Je mehr er darüber nachsann, desto unfähiger wurde er zur leisesten Antwort. Er spürte, daß der elende Dichter recht hatte, die Hoffnung, die vorhin noch in seinen Augen leuchtete, wich der bitteren Enttäuschung... Grasset fuhr fort:

»Peluques Beweisführungen sind ähnlich wie der Syllogismus, den er mit Vorliebe zitiert: Ein gegebenes Schiff hat fünf Schornsteine und die Schiffsschraube ist aus Kupfer. ERGO: der Kapitän ist dreißig Jahre alt.«

Er nahm die letzte Johannisbrotschote und goß etwas Likör in sein Glas.

»Erlaube mir ein offenes Wort. Wir sind zwei alte Freunde, und du weißt, daß ich dich wie einen Bruder liebe. Seit Monaten spielst du die Rolle eines Trottels. Du bist verliebt in dieses Mädchen, das ist unbestreitbar. Diese Liebe, wäre sie eine geteilte, würde dich schnurstracks zur Ehe, also zur Katastrophe führen. Zum Glück liebt dich das Mädchen nicht. Weißt du, was du tun wirst?

Hol' deinen guten Lederkoffer hervor, pack' Hemden, Socken und Unterhosen hinein. Um acht Uhr fünfundfünfzig fährt ein Schnellzug: der Direktor deines Verlages hat bestimmt eine Aufgabe für dich, am besten laß dich ins Ausland schicken. Du wirst fremde Gegenden sehen und wirst ohne große Mühe deine abhandengekommene Vernunft wiederfinden. Adieu mein alter Freund. Morgen, Dienstag, bin ich um acht auf dem Bahnhof St. Charles. Wenn du einen Träger brauchst, rate ich dir zu Denis. Er steht am Fuß der dritten Platane auf der Plaine, von der Rue St. Savournin aus gesehen.«
Nach diesen Worten nahm er seinen Hut und ging. Jacques saß da, die Ellbogen auf dem Schoß, die Fäuste gegen die Schläfen gedrückt. Ihm war, als hörte er dünne, schrille Töne: der Zwiespalt blies die Okarina der Verzweiflung.

Am nächsten Morgen um acht war ich auf meinem Posten im Zoologischen Garten.
Aus Bescheidenheit habe ich bisher wenig von mir selbst und von meinen eigenartigen Aufgaben gesprochen.
Mein Pflichtenkreis mußte in der Tat ziemlich bescheiden wirken für den, der ihn mit dem banalen Zirkel eines philiströsen Geistes ausmißt; mir war nicht mehr als die Pflege und Verantwortung für zwei große Käfige mit dicken Stäben übertragen, und natürlich für deren superbe Insassen.
Jeder dieser Käfige war durch ein Zwischengitter in zwei

Abteile getrennt. Der erste Käfig enthielt auf der einen Seite den Löwen, auf der anderen die Löwin.
Das männliche Tier war groß, aber fiebrig dünn, so daß sich an Pranken und Rücken entlang Muskelstränge und -knoten deutlich abzeichneten. Die Mähne umflammte rot eine Schnauze mit schwarzen Lefzen, die sich manchmal bedrohlich verkrampften. Dieses Tier schien sich niemals mit seiner Gefangenschaft abfinden zu können. Ich mochte es ganz besonders wegen seines wilden Stolzes. Wenn es wie gewöhnlich an den Stäben entlangirrte, dabei seine schwere, rauhe Zunge heraushängen ließ, setzte ich mich gern in einigem Abstand auf den kühlen, frischgemähten Rasen. Dann betrachtete ich ihn mit quasi brüderlichem Auge, sprach freundschaftlich mit ihm, während die schöne Vormittagssonne auf uns herabschien.
Auf diese Weise habe ich ihm viel Schlechtes über meine Mitmenschen erzählt, insbesondere über meine Freunde... Nach einiger Zeit schien er meine Stimme mit einem gewissen Wohlwollen zu vernehmen. Er legte sich hin und nahm die hieratische Stellung der Sphinx ein, beide Pranken vorgestreckt; mit senkrecht aufgestellten Ohren lauschte er dem Klang meiner üblen Nachreden, deren Sinn er nicht aufnahm. Trotz seiner offenkundigen Freundschaft jedoch glaube ich, daß er sehr viel leichter die stickstoffhaltigen Substanzen und die Kohlenwasserstoffe aufgenommen hätte, aus denen sich sein beredsamer Wärter zusammensetzte...
In der anderen Abteilung des Käfigs trug die Löwin ihre

gleichgültige Melancholie zur Schau. Ihr Fell war glatt, ihre Formen schwer. Sie zeigte wenig Ungeduld, schlief lang und friedlich mit der Schnauze auf den ausgestreckten Pfoten. Aber ihr halbgeschlossenes Auge ließ nichts Gutes ahnen, und ich spürte, daß sie ungezähmter und tausendmal gefährlicher war als ihr unruhiger Nachbar. Manchmal betrachteten sie sich lange durch die Gitter, die sie trennten, und ihre plötzlich schmal gewordenen Augen trauerten den Liebeswanderungen nach, als sie noch Schulter an Schulter über den roten Sand ihrer heimatlichen Wüste schritten.

Der andere Käfig enthielt einen Tiger und einen Panther, auch sie fein säuberlich getrennt durch ein doppeltes Gitter.

Diese beiden Insassen bezauberten den Künstler in mir: die Anmut der Linien, die unangestrengte, fließende Geschmeidigkeit der leisen Bewegungen, die reichen Farbnuancen ihres glänzenden Fells faszinierten mich. Aber in ihren Achat-Augen sah ich den unbeugsamen Egoismus und die unzähmbare Gier – nichts würde je etwas dagegen vermögen...

Meine Arbeit bestand jeden Morgen darin, daß ich diese Käfige fegte, während ihre Bewohner in einer Art Hinterkäfig eingesperrt blieben, was ich mit einer sinnreichen Vorrichtung aus Doppeltüren von draußen bewerkstelligte. Wenn diese Aufgabe erledigt war, verließ ich die sorgfältig verschlossenen Käfige und ließ die Tiere wieder hinein. Danach schloß ich das Gitter des Hinterkäfigs und konnte nun nach Herzenslust die beiden

Höhlen säubern, wo der Duft der wilden Tiere mich buchstäblich an der Gurgel packte.
Während ich das Kratzeisen betätigte, dachte ich oft an das Abenteuer des tapferen Androkles, der in einer Höhle Zuflucht gesucht hatte. Angeblich war er sehr erstaunt, als er im Eingang die Schnauze eines Löwen auftauchen sah, der diesen Ort als rechtmäßiger Inhaber bewohnte. Wieso der berühmte Sklave überrascht war, ist mir nur schwer nachvollziehbar, außer man nimmt an, ein scheußlicher Schnupfen hätte seine Geruchsnerven blockiert... Aber ich schweife ab. Das Käfigsäubern beanspruchte den ganzen Vormittag, das heißt, es dauerte von acht Uhr bis elf Uhr dreißig.
Wenn ich gegen zwei Uhr nachmittags erneut zum Dienst antrat, brachte mir ein schweigsamer Karrenzieher mit blutigen Händen die tägliche, gewaltige Ration Pferdefleisch. Dann tauschte ich das Skalpell des Psychologen (eine Metapher) gegen das Metzgermesser (die konkrete Realität). Mit kluger Ungerechtigkeit zerschnitt ich das Stück in vier ungleiche Teile, die ich nach Lust und Laune vergab. Auf diese Weise wurde mir die eigentliche Freude aller Machtausübung zuteil: worin sonst besteht sie, als in der Möglichkeit, straflos ungerecht zu sein?
Schließlich mußte ich jeden Abend die vier Raubtiere, für die ich geradezustehen hatte, wieder in ihre Höhlen sperren...
An jenem Morgen gegen neun Uhr war ich im Begriff, mich in eben diese Höhlen zu begeben – die zuvor von

ihren Bewohnern geräumt worden waren – als ich Jacques Paniers Stimme hörte.
Er stützte sich auf das schwache Geländer, mit dem die Tiere gegen das hemmungslose Publikum geschützt werden sollen. Ich spähte den Horizont ab: kein Mensch; wir konnten also in aller Ruhe die Zoo-Ordnung übertreten!
»Spring doch über das Gatter und komm mit mir«, sagte ich.
Er folgte mir, und wir betraten den Hinterkäfig des Löwen. Der scharfe Geruch des Tieres und die fade Ausdünstung des Fleisches vermischten sich aufs angenehmste.
Mit meinem langstieligen Kratzeisen begann ich, den Zementboden zu bearbeiten.
»Na, Jacques, hast du nach der frohen Botschaft, die ich dir gestern abend gebracht habe, gut geschlafen? Bist du endlich erleuchtet über deinen Herzenszustand? Hast du eine Entscheidung getroffen?«
Er schien mir recht finster.
»Ich habe gar nichts beschlossen«, antwortete er, »und im übrigen habe ich nichts zu beschließen. Wenn du mir eine Freude machen willst, verliere nie wieder ein Wort über diese ganze Geschichte. Ich bin außer mir – au-ßer-mir! Ich habe soeben mit Schrecken festgestellt, daß ich auf dümmste Weise mehrere Monate meines Lebens verplempert habe! Monate, in denen ich mich mit einem banalen Geschöpf beschäftigt habe, das absolut kein Recht vorzuweisen hat, so meine Aufmerksamkeit festzu-

halten. Ich fahre heute nachmittag in ein kleines Dorf, wo das Landhaus meines Vaters steht. Ich werde mich sofort an die Arbeit machen, denn ich habe eine Idee, die einen Roman hergeben könnte.«
Ich war äußerst erstaunt. Ich starrte ihn einen Augenblick lang an und sagte:
»Immerhin bist du hierhergekommen, um mich abzuholen und um das Mädchen um elf Uhr zu treffen.«
Er zuckte die Achseln.
»Ich bin ganz einfach gekommen, um dir Lebewohl zu sagen; ein Wagen erwartet mich um halb zehn vor dem Palais Longchamp. Es ist neun Uhr zwanzig. Auf Wiedersehen. Wenn du Lust haben solltest, mich an einem Sonntag zu besuchen, bist du willkommen.«
Er schüttelte mir kräftig die Hand und ging entschlossenen Schrittes hinaus. Verblüfft folgte ich ihm, in einer Hand mein Kratzeisen, in der andern den Besen. Er sprang über das Gatter und entfernte sich. Als er am Ende der Allee war, hielt er einen Augenblick inne, drehte sich um und winkte mir zu. Dann verschwand er.
Einige Minuten lang war ich unfähig, auch nur eine Bewegung zu machen. Was nun? War das das Ergebnis meiner Ermutigungsaktion? Ich hatte ihn doch am Vorabend rosig vor lauter Hoffnung zurückgelassen, und nun sah ich ihn niedergeschlagen davonlaufen? Plötzlich wurde mir Grassets Rolle klar, und ich ahnte, daß er meine Abwesenheit genutzt hatte, um seinen eigenen Plan auszuführen. Beide strebten wir dasselbe Ziel an: Jacques' Heilung. Aber während ich mit allen Mitteln die

beiden Turteltauben auf denselben Ast zu bringen suchte, bemühte sich der unheilvolle Dichter, sie endgültig voneinander zu trennen …

Ganz bestimmt hätte uns seine Methode zum gewünschten Ergebnis gebracht: Nur kleine Jungen und kleine Mädchen glauben, Liebe daure ewig. Eine längere Trennung vernichtet jede Liebe. Aber Annäherung und dann die Erfüllung der Liebessehnsucht ist ein sehr angenehmes und viel schnelleres Heilmittel.

Eine glückliche Liebe währt sechs Monate; eine unglückliche kann sechs Jahre dauern.

(Es gibt einen schöpferischen Menschen, welcher das sogar schon vertont hat; das Stück heißt: »Plaisir d'amour«. Er übertreibt es ein wenig, wenn er behauptet, »Liebesleid dauert ein Leben lang«. Aber da er es in Versen sagt, mußte er einfach übertreiben. In Prosa übertragen, würde ich meinen: Liebesfreud dauert nur einen Augenblick, Liebesleid dauert fast doppelt so lang!)

Große Traurigkeit überkam mich, als ich an Jacques' stumpfen Blick dachte; herbe Enttäuschung stachelte mich auf, als ich dachte, daß der Dichter ein so promptes Ergebnis erzielt hatte und daß ich bei dem unguten Spiel gewissermaßen der Hase war und er der Igel. (Ich zitiere das Gleichnis in dem Bewußtsein, daß, würde ich ihn demnächst zur Rede stellen, Grasset mir antworten würde, sein Name sei Hase und er wisse von nichts.)

Während ich die Säuberung der Leoninischen Höhle zu Ende führte, dachte ich intensiv nach; und im Augenblick, da ich eine Pferderippe hinausbrachte, faßte ich einen mutigen und endgültigen Entschluß. Innerhalb von acht Tagen mußte er mich zum Erfolg führen, koste es, was es wolle.

Nachmittags ging ich zu Lemeunier, um in Erfahrung zu bringen, ob das Mädchen wirklich ein Techtelmechtel mit diesem lockigen Jüngling hatte. Lemeunier war nicht zu Hause. Als ich aber unter den Bäumen der Allées de Meilhan marschierte, schickte ihn der glückliche Zufall mir entgegen.

Er saß auf einem riesigen roten Motorrad, das fürchterlich knatterte. Auf dem Kopf trug er einen Lederhelm. An den Händen Handschuhe aus Fell. Außerdem trug er eine schwarze Lederkluft und eine Motorradbrille, die fast so weit vorstach wie ein Operngucker.

Als er gerade vorbeifahren wollte, stellte ich mich an den Rand des Trottoirs und streckte den Arm aus. Er nickte, knatterte noch lauter und fuhr davon in Richtung Eglise des Réformés. Zwei Sekunden später aber kam er wie der Donner wieder auf mich zu. Ein paar Meter vor mir machte er eine Vollbremsung; sofort sammelten sich gaffende Passanten an. Zusammen mit einem letzten Aufheulen des Motors jagte er mir zu Ehren einen wunderschön weißen Rauchfurz hinaus.

»Ein Wort nur«, sagte ich ihm.

Er parkte seine Maschine am Bordstein und beschrieb eine stolze Handbewegung.

»Ist sie nicht schön, hm? Und einen Lärm macht sie, und qualmen tut sie. Prachtvoll!«

Er frohlockte.
»Das ist ein egoistisches Gefährt«, sagte ich.
»Ich will kein Side-car«, sagte er heftig. »Nein! Siehst du denn nicht, daß ein Side-car ein anti-rationales Vehikel ist? ein anti-ästhetisches? ein eheliches?«
»A propos, sag mir, was an der Geschichte mit dem gelockten jungen Mann wahr ist, die du Jacques erzählt hast.«
»Hat sie gewirkt?«
»Ziemlich gut.«
»Ist natürlich eine Erfindung. Fährst du eine Runde mit? Setz dich auf den Gepäckträger. Du wirst sehen, mindestens neunzig Sachen!«
Ich verneinte dankend.
»Hast wohl Angst, dein Hut fliegt dir davon?« fragte er (indessen ließ er mit einem weit ausholenden Fußtritt den Motor wieder an).
»Schlimmer«, sagte ich. »Ich fürchte, meine Freunde müßten im halbdunklen Flur meiner Wohnung antreten, um sich stumm in das bekannte Register einzutragen.«
Er verschwand unvermittelt in einer Rauchwolke: nicht nach der Gewohnheit der Götter und sonstiger Geistwesen, sondern eher nach Art einer abscheulichen und stinkenden Knatterkiste.

Mit seiner Erklärung hatte er mich beruhigt; das Mädchen war nicht in eine Liebschaft verwickelt; die Bahn war frei... Ich mußte mich schleunigst mit ihr in Verbindung setzen.

Dabei kam mir der Gedanke, daß die Kenntnis ihres Namens möglicherweise ganz hilfreich sein würde. Vielleicht hatten wir sogar gemeinsame Bekannte, was ein Zusammentreffen begünstigen mochte... So ging ich denn in eins der großen Cafés und setzte mich vor ein Glas Bier und ein dickleibiges Adreßbuch.

Das Adreßbuch verriet mir, daß im Haus Nr. 112 der Rue du Jardin-des-Plantes eine beträchtliche Anzahl von Familien logierte. Ich ging sie der Reihe nach durch: Castel, Bauunternehmer. Trouillasse, Metzgermeister. Pelquet, Kaufmännischer Angestellter. Ferret, Architekt. Thevenard, Immobilienmakler. Keine Berufsangabe begleitete die folgenden Namen: Bernard, Périer, Sidony, Vauquier, Rainette, Lhermet, Rébert und Chaumet.

Wie hieß also nun das Mädchen? Ich raffte meine gesammelten Geisteskräfte zusammen und kippte in rascher Folge zwei Gläschen mit altem Rum hinunter. Worauf ich mit meiner Pfeife dichte Qualmwolken entfachte und mich in die Fahndungsarbeit stürzte.
Als ersten auf der Liste strich ich den Metzgermeister. Ein so bezauberndes Kind konnte unmöglich die Tochter eines ehrsamen Wurstverkäufers sein, dem sicher noch die bäuerliche Scholle an den Sohlen klebte. Als nächsten musterte ich Sidony aus. Ein absolut nichtssagender Name. Einen Moment lang ruhten meine Augen auf Thévenard... Nicht übel, Thévenard. Doch nein. Er ist es nicht. Warum? Weil sie... weil sie einfach nicht thévenardisch aussieht, das ist alles.
Die folgenden Namen sagte ich mir mehrmals laut vor und horchte angestrengt auf die Silbenfolge. Genauso machen es die Diebe, wenn sie dem leisen Knacken eines Zahlenschlosses die richtige Kombination ablauschen wollen.
Pelquet... Pel-quet... Sollte es Fräulein Pelquet tatsächlich geben, dann ist sie vom dunklen Typ, mit eher olivfarbenem Teint, hat Haare auf den Zähnen und ist rettungslos bigott. Also der Name kommt nicht in Frage. Vauquier... Vauquier... Ein Name für einen alten Hagestolz. Ausgeschlossen, daß er eine siebzehnjährige Tochter sein eigen nennt. Herr Vauquier ist ziemlich vierschrötig gebaut und trägt einen weißen Backenbart. Er ist pedantisch, kurzatmig und möglicherweise zahlungsunfähig. Vauquier scheidet aus. Rainette... Fräulein

Rainette, Studentin der Arzneimittelkunde... Klingt nicht besonders. Fräulein Rainette, falls vorhanden, trägt eine Brille und bestickte Pantoffeln. Sie ist über dreißig, und ich halte sie für insgeheim lüstern und pervers. Lassen wir sie also. Périer? Nein. Wären es zwei r im Namen, ich würde schwanken. Aber so, mit einem r, ausgeschlossen... Wohingegen Castel... Das kommt schon eher hin, Cas-tel... Ja, da ist was dran... Aber vor meinem Auge taucht flüchtig ein blonder Schimmer auf... Aber halt! Ferret! Da haben wir's endlich. Man braucht nur ans Englische zu denken, da bedeutet der Name Frettchen... Ein Frettchen hat schwarze, glänzende Augen... Ferret... Und außerdem spricht aus dem Namen eine Andeutung von Schüchternheit... Das Mädchen heißt Fräulein Ferret. Zweifellos.

Mithin wandte ich meine Gedanken der Frage zu, wie und unter welchem Vorwand ich mit ihrem Vater in Beziehung treten könnte. Aber vielleicht war der Mann schroff abweisend oder wortkarg? Über wen nur konnte ich an ihn herankommen? Und was, wenn es mir gelingen würde, mich mit der Zange meiner Schlauheit zum Vorhof seiner Freundschaft durchzuarbeiten? Würde mich dann nicht eine ganz eigentümliche Gehemmtheit überfallen? Wenn man erst einmal die Leute zu Hause im trauten Familienkreise erlebt hat, wenn man den Tabak des Familienvorstands geraucht und das Eingemachte der Hausfrau gekostet hat, dann hat man sie schon irgendwie eingeatmet, die Schwaden bürgerlicher Moral. Kommt endlich der Moment, wo man das schicksalhafte Briefchen zustecken, im Flur das alles entscheidende Wort sprechen müßte, dann klebt man plötzlich fest am zähen Leim der eigenen Skrupel, und aus ist's mit all den flotten Redensarten, die sonst so schöne Erfolge zeitigten. Nein, es ist besser, man hält sich in dezenter Ferne von den Leuten, deren Tochter man verführt!

Was tun? Hingehen und das charmante Geschöpf ohne Umschweife ansprechen. Daß ich jetzt ihren Namen wußte, war mir von keinerlei Nutzen; schon wollte ich das Adreßbuch achselzuckend zuklappen, da ging mir auf, daß es doch eine wertvolle Auskunft enthielt: Herr Thévenard war Immobilienmakler, und er wohnte in diesem Haus... Das bedeutete, zu jeder beliebigen Tageszeit konnte ich mich legitimerweise im Hausflur aufhalten, der Vorwand, ich suchte ein Landhaus zu mieten oder zu kaufen, war unanfechtbar.

Fast liebevoll schloß ich jetzt das dienstbare Verzeichnis, und mit gebührender Dankbarkeit gab ich es in die Obhut des schwarzgekleideten Kellners zurück.

Der nächste Tag war ein Mittwoch, und an diesem Wochentag hatte ich frei; daher verließ ich auch mein Bett nicht vor zehn Uhr vormittag.

Mit flinker, doch exakter Hand rasierte ich mein Antlitz, dessen rosigfrische Farbe von langem, erholsamem Nachtschlaf zeugte. Ich wählte einen makellos weißen Kragen aus und ergänzte ihn durch eine grauseidene

Krawatte. Meine Glacémanschetten durchstieß ich schließlich mit zwei massivgoldenen Knöpfen, unverrostbaren Erinnerungsstücken aus dem Nachlaß meines verblichenen Großvaters.
Sodann erbat ich mir von meiner verblüfften Mutter zwei Bürsten und einen Teppichklopfer, um damit aus meinem Anzug allen Staub zu verjagen. Schnell begriff ich, daß dies eine sinnvolle Unternehmung war, denn das dünne Rohrgeflecht hatte kaum dreimal die Luft durchpfiffen, da erfüllte eine Wolke den Raum, als wollte Jupiter in Person erscheinen. Meine Mutter war unverständlicherweise empört, jedenfalls entriß sie mir Teppichklopfer, Bürste und Anzug, und enteilte in den Garten, wo sie die kampfähnliche Handlung zu Ende brachte.
Mein vornehmer Filzhut erfuhr an diesem Tag, was es heißt, der kosenden Freundschaft von Kleiderbürsten ausgesetzt zu sein: binnen einer halben Stunde brachten sie ihn um die Hälfte seines Gewichts.
Nachdem ich die Kopfbedeckung sorgfältig plaziert und den dritten Knopf meines überaus aktuellen Jacketts geschlossen hatte, griff ich zum eleganten Spazierstöckchen und den perlgrauen Handschuhen, strafte die tückische Enge meiner Lackschuhe mit Nichtbeachtung und schritt lächelnd von dannen.
Sie tat unwillkürlich einen halben Schritt zurück (Ich schreibe diesen Satz äußerst ungern nieder, denn man findet ihn in jedem Roman. Aber es war so. Wie soll man es dann anders ausdrücken?). Nachdem sie mich aber

angeschaut hatte, erkannte sie mich trotz des im Treppenaufgang herrschenden Halbdunkels wieder. Ihre Lider fingen an zu zucken, ihre Wangen färbten sich dunkelrot.

»Mein Herr ...«, sagte sie. Aber sie fuhr nicht fort.

»Sie erkennen mich wieder, nicht wahr? Sie wissen, daß ich Jacques' Freund bin. Über ihn möchte ich mit Ihnen sprechen. Wäre es möglich, daß ich Sie wiedersehe, aber nicht hier in diesem Hausgang? Ich habe Ihnen soviel zu sagen ...«

»Nein«, sagte sie leise, »nein, nein. Ich kenne Sie nicht, und wenn mein Vater erführe ... Ich weiß nicht, worauf Sie hinauswollen ...« Sie versuchte an mir vorbeizukommen; ich hielt sie sanft zurück.

»Haben Sie keine Angst, Jacques liebt Sie, Sie lieben ihn, ich weiß es. Alles steht zum besten. Heute nachmittag ab drei Uhr werde ich oben am Hügel in der Parkanlage sein, Sie wissen schon, oberhalb des Cours Pierre-Puget. Ich werde so lange auf Sie warten, bis Sie kommen. Es ist wirklich nichts Anstößiges daran, wenn man an einem öffentlichen Ort zehn Minuten miteinander plaudert ...« Sie war aufs äußerste verwirrt.

»Mein Herr, geben Sie sich keine Mühe ... Nein, Sie täuschen sich ... glauben Sie nur nicht ...«

»Gnädiges Fräulein, jemand kommt die Treppe herunter; ich entferne mich. Wenn Sie Jacques lieben, so kommen Sie heute nachmittag. Er selbst wird nicht mitkommen, denn er ist schwer krank. Ich werde geduldig auf Sie warten. Leben Sie wohl.«

Ich öffnete die Haustür und eilte ins nächste Straßencafé. Als ich die Schwelle überschritt, entbrannte in mir eine lebhafte Auseinandersetzung zwischen dem Zechbruder, dem Lebemann, dem Gesundheitsapostel und dem Sportsmann: es ging darum, ob ich mir ein Gläschen Schnaps genehmigen sollte. Der erste Abstimmungsgang machte eine Stichwahl nötig; aber der Mann hinter der Theke rief mir mit seiner Frage, was ich zu trinken wünsche, meine Pflichten an diesem Ort in Erinnerung: die Debatte war entschieden.

Am Nachmittag stieg ich also den Hügel hinauf zum vereinbarten Stelldichein. Punkt drei Uhr war ich oben, ich wählte eine hinter Büschen wohlverborgene Bank, von der aus ich jedoch das Eingangstor im Auge behalten konnte.

Ich war mir sehr sicher, daß die Kleine kommen würde. Immerhin hatte ich eine gewisse Verspätung einkalkuliert und mir deshalb eine Homerausgabe im Miniaturformat eingesteckt, in der ich immer wieder mit Vergnügen las – natürlich handelte es sich um eine Übersetzung. Ich beglückwünschte mich zu dem Einfall, denn obwohl ich die epische Dichtung einfach irgendwo aufschlug, machte ich nach wenigen Minuten Lektüre eine kleine Entdeckung.

Es handelte sich um die Ilias. Ganz am Anfang stützt sich der alte Priamos, der sich auf der Stadtmauer ergeht, auf die Schulter seiner Schwiegertochter Helena und spricht zu ihr mit bewegender Sanftheit. Was er sagt, ist etwa folgendes:

»Da liegt es, das Heer der Griechen, die gekommen sind, unsere Stadt einzunehmen. Ich sehe voraus, daß das alles schlimm für uns ausgehen wird... Sei's drum, deswegen müssen wir nicht aufhören, miteinander zu plaudern. Du hast sie doch alle gekannt, diese Griechen, als du noch unter ihnen lebtest, sag uns doch die Namen derer, die wir da unten erblicken.«

Die schöne Helena nennt ihm Agamemnon, Sohn des Atreus, sodann Odysseus, den listenreichen und starken König. Und der weise Anthenor, der den König von Ithaka aus der Nähe erlebt hat, steuert uns über sein Äußeres folgende präzise Beobachtung bei:

»Solange sie beieinander standen, überragte Menelaos mit seinen breiten Schultern Odysseus; wenn jedoch beide sich setzten, war Odysseus der bei weitem Größere.«

O merkwürdige Offenbarung... So wuchs also Odysseus, der Mann von mittlerer Statur, zu Größe heran, sobald er sich setzte?

Dezenter konnte man es nicht zum Ausdruck bringen als Homer: der König von Ithaka war, was man heute volkstümlich einen Sitzriesen nennen würde... O schöne, einzigartige, erhabene Kunst der Umschreibung...! O genialer Sänger von Kyme... Wie menschlich du doch deine Helden erscheinen läßt, wie sehr du sie uns nahebringst...

Soweit war ich in meinen Gedanken gekommen, als ich nur wenige Meter entfernt das Mädchen errötend auf mich zukommen sah. Ich erhob mich, fürchtete aber,

Blicke auf uns zu ziehen und behielt deshalb meinen Hut auf.
»Gnädiges Fräulein«, sprach ich sie an, »ich bin glücklich, Sie hier zu sehen, wo wir einige Augenblicke miteinander plaudern können. Die Bank hier ist einladend, möchten Sie sich nicht für ein paar Minuten setzen...?«
»Mein Herr«, sagte sie (dabei warf sie unruhige Blicke in die Runde), »ich habe nicht viel Zeit. Ich bin gekommen... um Ihnen zu sagen, daß es besser ist, wenn... wir es dabei bewenden lassen... Es ist unmöglich...«
»Nichts ist unmöglich, gnädiges Fräulein, so setzen Sie sich doch bitte mit auf diese Bank hier...«
Sie sah mich eine Sekunde lang an, dann nahm sie Platz. Ich setzte mich neben sie, wobei ich meine Ehrerbietung durch fünfzig Zentimeter Abstand bekundete.
»Gnädiges Fräulein«, setzte ich von neuem an, »ich frage Sie nicht einmal nach Ihrem Namen; was den meinen betrifft, so dürfte er kaum interessant für Sie sein. Ich möchte Ihnen nur sagen, daß ich der engste Freund, fast der Bruder des jungen Mannes bin, dem Sie Tag für Tag begegnen. Im übrigen wissen Sie das bereits.«
Ihre langen Wimpern bebten.
»Seit mehreren Monaten liebt er Sie; er liebt Sie hoffnungslos, mit tiefer, stummer Leidenschaft; jedes andere Interesse in ihm ist wie ausgelöscht; seine Freunde, die eine große Rolle in seinem Leben spielten, haben jegliche Bedeutung verloren; und ich selbst existiere gar

nicht mehr für ihn; wenn ich Gehör finden will, muß ich das Gespräch auf Sie bringen...«
Vergeblich versuchte sie die Freude, die ihr Gesicht erhellte, zu verbergen. Sie fing an, ihren Handschuh zuzuknöpfen, ihre Hand zitterte.
»Seit vier Tagen haben Sie ihn nicht gesehen.«
»Seit Samstag mittag«, sagte sie. Das Geständnis ließ sie jäh erröten. »Ist er sehr krank?«
»Nein, gnädiges Fräulein; wenn ich Ihnen diesbezüglich eine kleine Notlüge zugemutet habe, dann weil ich Sie hierherbringen wollte. Er ist nicht krank, wenigstens nicht im banalen Wortsinn. Er ist nur absolut verzweifelt und hat sich aufs Land zurückgezogen.«
»Aber woran verzweifelt er denn?«
»Er ist überzeugt, Sie lieben ihn nicht, weil Sie ihm nie Gelegenheit gegeben haben, Sie anzusprechen.«
»Hätte er nicht tun können, was Sie getan haben?«
»Zu einem solchen Schritt gehört eine gewisse Selbstsicherheit«, erwiderte ich. »Und die hätte ihm auch keineswegs gefehlt, wenn Sie ihm gleichgültig wären. Aber er liebt Sie: darum wagte er es nie, Sie anzusprechen, aus Furcht, schroff abgewiesen zu werden. Und außerdem hat Jacques auch etwas von einem Aristokraten; es liegt ihm überhaupt nicht, auf offener Straße eine junge Dame anzusprechen und eine Trottoir-Idylle anzuknüpfen: dazu sind Sie ihm zu schade.«
»Ich hätte ihn eigentlich nicht für schüchtern gehalten«, entgegnete sie lächelnd.
»In Ihrer Gegenwart wird er es immer sein; und nun,

mein gnädiges Fräulein, gestatten Sie mir eine Frage. Wollen Sie – und können Sie – Jacques die Gunst eines Treffens gewähren? Ich glaube, Ihr Glück, und zwar Ihrer beider Glück hängt davon ab.«
Mit geheuchelter Rührung fügte ich hinzu:
»Das Glück eures ganzen Lebens.«
»Aber wo nur?« sagte sie. »Wann? Ich versichere Ihnen, ich kann es nicht. Ich sehe überhaupt keinen Weg.«
»Gestatten Sie, daß ich die Dinge ein wenig klarstelle: Sie wünschen selbst ein solches Treffen. Also frage ich Sie: wann sind Sie frei?«
»Untertags«, sagte sie. »...Zwischen neun und elf Uhr morgens. Normalerweise habe ich da Vorlesungen an der Universität ...«
»Warum nicht eine versäumen... Ich habe es selbst oft genug getan, als ich noch Philosophie studierte...«
Ich spürte, wie eine gewisse Fremdheit wich, als sie vernahm, daß auch ich die Hörsäle frequentiert hatte.
»Und am Nachmittag?« fuhr ich fort.
»Da habe ich eine Menge Praktika. Ich komme so gegen fünf Uhr da raus... Heute zum Beispiel bin ich nicht hingegangen. Wenn Papa das jemals erfährt...«
»Seien Sie beruhigt«, versetzte ich, »er wird es nicht erfahren. Aber sind Sie nicht grundsätzlich nach fünf Uhr abends frei?«
»Das schon«, sagte sie, »aber ich gehe gleich nach Hause, um dem Dienstmädchen Anweisungen zu geben. Mama ist seit drei Monaten in Paris. Ich bin mit Papa allein, und ich kümmere mich um den Haushalt.«

Sie schien einen Augenblick unschlüssig, dann gab sie sich einen Ruck.
»Ich bin sehr oft nach dem Abendessen bis Mitternacht ganz allein. Papa geht jeden Abend wegen seiner Arbeit außer Haus; kaum ist er weg, geht das Dienstmädchen ins Kino.«
Aber unvermittelt nahm sie eine andere Haltung an und erklärte mit Nachdruck:
»Aber nein, abends ist es einfach nicht möglich. Nein, nein, nein... eher doch untertags... Hören Sie, ich werde sehen, ich muß überlegen...«
Der Gesprächsverlauf war äußerst befriedigend... Innerlich beschloß ich, sie auf ein Rendezvous am Abend festzulegen, und zwar so gegen neun... Aber sachte, nur nichts übereilen.
»Wann darf ich mit Ihrer Antwort rechnen? Bedenken Sie, daß Jacques, der mich zu Ihnen schickte, seine Tage damit verbringt, von Ängsten, Zweifeln, ja Hoffnungslosigkeit zernagt im Schatten einer Pinie zu sitzen.«
»Morgen abend, um fünf Uhr... Kommen Sie zur Ecke Cours du Châpitre – Rue Consolat. Auf Wiedersehen...«
Sie stand auf. Ich streckte ihr die Hand hin (eigentlich eine sträfliche Unhöflichkeit), und sie reichte mir die ihre, eine wie mir schien sehr zierliche Hand. Dann eilte sie in ihrem raschen Schritt davon; und ich, Louis-Irénée Peluque, ich sah die anmutige Mädchengestalt sich entfernen, und in meinem Herzen war Triumph.
Am nächsten Tag fand ich mich pünktlich am verabredeten Ort ein, und das Mädchen ließ mich nicht eine

Minute warten. Ihre Schüchternheit war bereits im Schwinden.
Zunächst malte ich ihr ein sehr erbauliches Bild von Jacques' Leidenschaft. Dann rühmte ich die Vorzüge meines Freundes: seine Erfolge auf literarischem und seine Siege auf sportlichem Gebiet; ich pries sein gutes Herz, seine Freundestreue, seinen Mannesmut... Sie hörte mir derart aufmerksam zu, daß sie ganz überrascht war, als es vom Gymnasium herüber sechs Uhr läutete. Schließlich schlug ich ihr das von mir für eine bestimmte Zeit und einen ganz bestimmten Ort geplante Rendezvous vor. Zuerst war sie verwundert, und ich räume ein, daß mein Vorschlag verwunderlich war; aber ihre Weigerung war nur sehr provisorisch. Als ich sie verließ, gab ich ihr heimtückischen Sinnes ein Buch mit, die göttliche *Rote Lilie* von Anatole France. Grasset hatte mir beteuert, die Lektüre sei von unfehlbarer Wirkung auf unverdorbene Seelen, er habe dieses Mittel des öfteren mit Erfolg eingesetzt.
Am folgenden Tag um drei Uhr nachmittags ließ ich mich im geräumigen Fond eines wundervollen (jedoch nicht kostenfreien) Taxis nieder, und die Benzinkutsche brachte mich hinaus zum fernen Landhaus des Herrn Jacques Panier. Ihm reiche ich jetzt die Feder weiter, denn in dem, was nun folgt, drängte mich meine Diskretion in die Rolle des weitgehend ahnungslosen Statisten.

Jacques Panier ergreift wieder die Feder

Inmitten der niedrigen Macchia, da wo sich zwischen Garlaban und Allauch eine sanfte Hügellandschaft hinzieht, stand das Landhaus meines Vaters. Es sah auf ein kleines, kaum einen Kilometer entferntes Dorf herab. Vier Fenster gingen nach Süden hinaus und boten mir ein weitläufiges Panorama.

Zur Linken grünes flaches Land: verstreut duckten sich vier oder fünf Dörfchen mit ihren roten Dächern um graue Kirchtürme. In der Mitte ein weites Tal, übersät mit Vorortsiedlungen und in der Ferne begrenzt durch eine Kette niedriger Vorberge. Jeden Abend standen ihre Kämme schwarz und ewig gegen den Himmel. Zur Rechten schließlich, hinter den zahllosen und winzig, fast wie ein aufgestelltes Kegelspiel wirkenden Fabrikschornsteinen, sah man das blaue Meer und Marseille, das sich am Uferrand entlang erstreckte.

Dennoch war mir der Ausblick nach Norden lieber. Das Haus stand gleichsam mit dem Fuß in den Ausläufern der provenzalischen Garrigue. Sanft zog sich ein mit Steineichen bewachsener Hang hinunter in ein Tälchen voller Thymian, Rosmarin und wildem Goldregen. Dem Tälchen folgte ein niedriger Hügel und sogleich ein weiteres kleines Tal; das setzte sich fort, so weit das Auge reichte, und diese Tälchen glichen einander vollkommen, mit ihrem fast kalkweißen felsigen Untergrund, den da und dort Ginsterbüsche oder dichte Terpentinsträucher mit blauen und roten Fruchtdolden den Blikken entzogen. O freundlicher Anblick, o holde Düfte... Nur hier war es überhaupt möglich, Vergil oder Theokrit nachzuempfinden, hier inmitten der kargen, unfruchtbar trockenen, intensiv duftenden Halbwildnis, die so sehr an die Hänge Siziliens und die Hügel Arkadiens erinnerte...

Unverzüglich nahm ich hier Quartier, und ich zögerte um so weniger, als mein Einzug darin bestand, Lalie, die treue alte Haushälterin, zu benachrichtigen; sie wohnte im Dorf, kam aber herauf und kümmerte sich um alles, wann immer wir hier draußen waren.

Lalie sah mich eindringlich an und konstatierte bedenkliche Schatten unter meinen Augen. Sie verordnete mir einen halben Liter Ziegenmilch jeden Morgen, frisch vom Euter, und verbot mir, früh aufzustehen. Worauf sie sich an ihre Arbeit machte, die darin bestand, mein Zimmer herzurichten und für drei volle Mahlzeiten zu sorgen.

Am Nachmittag des Freitags machte ich mich selbst auch an meine Arbeit. Zunächst ordnete ich säuberlich all die literarischen Erzeugnisse, die ich für abgeschlossen und

des Druckes würdig befand; mehr als ein Dutzend wollten es nicht werden, und das bedeutete maximal sechzig bedruckte Seiten.
Danach beschloß ich, ein längeres Gedicht – im Geist sah ich es etwa fünfhundert Verse umfassen – in eine neue Form zu bringen. Es begann folgendermaßen:

Mopsos heiß ich, des Ziegenhirten Lykas Sohn.
Unterm Wacholderstrauch saß ich an jenem Tag
Den breiten Rücken in die dichten Zweige lehnend,
Und sinnend schaut' ich, wie der duftbeschwerte Wind
Der Pinienhäupter blauen Schatten rastlos wiegte.
Erinnerung durchzog mich, weißgekleideten Gestalten gleich,
Die sich nicht umdrehn, deren Schritt nichts hält.
Letzter Zikadengruß ertönt' aus dunkler Nadeln Krone,
Verlorner Nachklang auf des hellen Sommers Glut.
Dem roten Tag entstieg der leise Sang der Wäscherinnen,
Und fern am Rand der traumverlornen Hügel
Stand bleich und zögernd noch der Herbst ...

Besagter Mopsos hörte, wie wenige Meter von ihm entfernt vier Männer heftig ins Gespräch vertieft waren. Der erste rühmte den Krieg und die Wonnen der Machtausübung. Der zweite besang die Liebe. Der dritte war ein Dichter und der vierte nannte sich Bukoliker. Es waren Strophen, die mich ganz besonders befriedigten:

Hell galoppierend saust der Wind vorbei,
Der Hufe Blau sprengt über grenzenlose Straßen...
Dies sing' ich, dazu der Iris Gelb an stiller Quelle,
Der Pinienzapfen Gold in schwarzen Zweigen,
Den roten Honigsaft vom weichen, reifen Bauch der Feige,
Den bleichen Honig auch von schwarz gespaltner Linde...

Zirpt, ihr Zikaden, murmelt, Quellen, summt, ihr Bienen,
Kühles Wasser glickert in den dumpfen Bauch der Krüge,
Aus dichtbewachsnem Talgrund ruft der Ziegenhirt,
Es raschelt, wo der Hase durch das Farnkraut floh,
Vom Hals der Ziegen tönt der Glöckchen Silber,
Vom Hals der Rinder schwerer Glocken Erz...

Ich unternahm es, diesen Teil der Dichtung fertigzustellen; nach ein paar vergeblichen Anläufen jedoch stellte ich fest, daß die Inspiration nicht kommen wollte. So ergriff ich meinen Vergil und meinen André Chénier und machte mich auf zu meinem Lieblingstälchen.
Es war ziemlich tief eingeschnitten und somit recht schmal. Höchstens achtzig Meter waren es von einer der bläulichen Felsmauern zur anderen hinüber. Auf beiden Seiten klammerten sich in dichtgefügten Reihen kurzstämmige, großblättrige Haselnußbäumchen fest, Zeichen dafür, daß ein wenig Wasser vorhanden sein mußte. Den Talgrund nahmen kleine, von locker ge-

schichteten Mäuerchen abgegrenzte Felder ein; sie alle lagen längst brach; zwischen hundertjährigen und von Insekten zerfressenen Olivenbäumen erstreckte sich die trockene Grasnarbe, unterbrochen von stachlig spitzen Wacholdersträuchern oder einem Büschel Rosmarin. Nach drei Kilometern erst liefen die Wände zu einer hohen, blauen Sperrmauer zusammen, in deren Vertiefungen gierige Pinien und grünroter Efeu sich erfolgreich einkrallten.
Angelehnt an den Stamm eines Olivenbaums, saß ich im Gras, und wieder vertiefte ich mich in Vergils Eklogen: »Galatea, venusgleiche Jungfrau, wirft mir einen Apfel zu. Dann läuft sie, sich zu verstecken, zu den Weidenbäumen hinüber, aber nur allzugern möchte sie vorher gesehen werden...«
Ich hob den Blick und schaute zu den Haselnußsträuchern hinüber, wie sie in der Stille des Sommerabends das kleine Tal umsäumten. Ich stellte mir die Jungfrau vor, wie sie hinüberlief und sich im Gezweig mit dem großflächigen Blattwerk verbarg. Mein Erstaunen war groß, denn sie ähnelte unverkennbar dem Mädchen. Ihr Gesicht stand plötzlich vor mir, ihre Augen blickten mich an...
Ich klappte meine Bücher zu und kehrte zum Haus zurück.
Am nächsten Tag, gleiches Ergebnis. Erst erging ich mich in nutzlosem Zorn gegen mich selbst, dann zog ich den Schluß, die ganze Geschichte beweise, wie sehr meine Nerven angegriffen sein mußten. Heilung suchte ich

daraufhin in ausgedehnten Spaziergängen durch die Hügellandschaft; ein herrenloser Hund leistete mir freundliche Gesellschaft.

Fünf Tage durchstreifte ich so die Gegend, dann hatte sich mein Appetit kräftig entwickelt, und ich sah wieder wesentlich besser aus; aber ich hatte das Mädchen nicht vergessen, und nicht einen einzigen Vers hatte ich zu Papier gebracht...

Am Samstag um zwei Uhr nachmittags war ich in tiefe Niedergeschlagenheit verfallen. Ich saß an meinem Schreibtisch im ersten Stock, hatte den Kopf in die Hände gestützt und dachte traurig an das liebe Gesicht unter den dunklen Haaren.

War ihr meine Abwesenheit bewußt geworden? War sie ihr überhaupt aufgefallen? Dann dachte ich an Grasset, aber nicht eigentlich in Freundschaft. Hatte er mit seinen pedantischen Deduktionen recht, oder war es nicht doch eher Peluque, der... (Ich spürte, daß er mir fehlte, der Philosoph.)

Genau in diesem Augenblick vernahm ich draußen an der Regenrinne ein kratzendes Geräusch. Sofort kam mir der Gedanke an den herrenlosen Hund, der sein räudiges Fell häufig da entlangschabte. Das Kratzen hielt an, und dann griff plötzlich eine Hand um die Eisenstange vor dem Fenster. Ein Fuß suchte Halt auf dem Sims... In der Öffnung erschien die Gestalt des Philosophen.

»Du bist es...«, rief ich freudig erregt und sprang hoch... »Als hätte ich es geahnt!«

»Es gibt mehr Dinge zwischen Himmel und Erde, Horatio, als sich unsere Philosophen träumen lassen...«, sprach er und war mit einem Sprung im Zimmer.
Ich wollte etwas sagen, aber seine Kommandostimme kam mir zuvor:
»Rasier dich!«
Flugs bemächtigte er sich meines Rasiermessers, das er auf der Kommode bereits erspäht hatte. Sodann packte er den Lederriemen und begann den Stahl »abzuziehen«, geschickt wie ein geborener Figaro.
»Rasierseife...! einen Pinsel...!«
Schwungvoll riß er sämtliche Schubladen auf. Ich ließ ihn lächelnd gewähren, und gleichzeitig erwachte ich zu neuem Elan, während um mich herum sein hektischer, fröhlicher Lebensmut sprudelte.
Energisch drückte er mich in meinen Schreibtischsessel zurück. Er öffnete einen Schrank, zog etwas heraus, was er für ein Handtuch hielt, und band mir das Tischtuch um den Hals. Alsdann wirbelte er, behend und ungestüm zugleich, den Pinsel durch die Seife und bedeckte mein Gesicht mit Schaum.
Die Arbeit hinderte ihn keineswegs am Reden.
»Also so ist das... Du ziehst dich aufs Land zurück. Du spielst den Naturmenschen, was?«
Unvermittelt griff er zum Rasiermesser.
»Vorsicht... Es geht los... Kein Wort, keine Bewegung... Ich verlange sofortige Versteinerung...«
Während er mich nun rasierte, verzerrte sich mein Gesicht zu derart komischen Grimassen, daß mich ein

Lachanfall fast ein Ohr gekostet hätte. Nachdem er fertig war, sprach er:
»Jetzt zieh dich ordentlich an!«
»Wozu denn?«
»Wir fahren runter in die Stadt. Mein Chauffeur wartet draußen auf uns.«
»Dein Chauffeur?«
»Ganz recht, mein Chauffeur. Bis hierauf hat er es nicht geschafft, aber wir finden das Auto unten im Dorf. Beeil dich, los... Heute abend tafeln wir zusammen; danach gehn wir ins Theater und schaun uns Monsieur de Max an. Gespielt wird *Der gefesselte Tod.* Beeil dich!«

In weniger als einer halben Stunde waren wir in Marseille. Die kurze Fahrt hatte Peluque genutzt, um mir einige seiner jüngsten philosophischen Entdeckungen vorzutragen. Aber irgendwie dauerte es nicht lange, und unser Gespräch verlagerte sich hinüber zum anderen Geschlecht. Wohl zwanzigmal wollte ich anfangen und von dem Mädchen reden. Zwanzigmal schwieg ich im letzten Moment.

Am großen Platz vor der Börse gab Peluque dem Chauffeur das Geld, das dieser unter Berufung auf einen kleinen mechanischen Kasten forderte, welcher angeblich die Kilometer mitgezählt hatte. Dann machte er eine noble Handbewegung und sagte zu dem Mann:

»Hiermit sind Sie entlassen.«

Sich einhängend, zog er mich mit sich fort in die Menge der Passanten.

»Wir werden zunächst angenehm speisen«, sagte er, »ein feines, mit Plaudereien angereichertes Menü erwartet uns. Du wirst mir ein wenig von deinem Gedichtband

erzählen ... Du bist bestimmt gut vorangekommen ...«
»Nicht besonders«, versetzte ich. »Ich war einfach nicht inspiriert ... Nervlich bin ich zur Zeit eher etwas labil ...«
»Wir werden in Fernands Restaurant essen«, fing er wieder an. »Komm, wir legen schon mal fest, was für delikate Gerichte wir uns bestellen ...«
Aber urplötzlich ließ er meinen Arm los und rang die Hände. »Großer Gott! Ist heute Samstag?«
»Ja natürlich ...«
»Scheußlich! Samstag der siebzehnte?«
»Samstag der siebzehnte. Was ist denn los?«
»Verfluchte Hilfsbereitschaft! Idiotisches Pflichtgefühl!« Man sah ihm die Verzweiflung an.
»So sag doch, was ist denn los?«
»Ich muß mich verabschieden ... Dabei hatte ich wirklich Lust, mit dir zu Abend zu essen ... Leb wohl.«
»Aber wohin gehst du denn?«
»Ich habe dem Pförtner versprochen, daß ich bis Mitternacht für ihn Dienst mache ... Er geht ins Theater ...«
»Welcher Pförtner?«
»Der vom Zoologischen Garten ... Er führt seine Frau und seinen Sohn ins Theater aus ... Gespielt wird das Klamaukstück *Bigorneau und seine sechs Frauen.* Ich habe versprochen, um acht Uhr anzutreten; jetzt ist es halb sieben ... Ich kann nur in aller Eile eine Kleinigkeit essen.«
»Na immerhin könnten wir das noch gemeinsam tun«, sagte ich.

Wir betraten das nächstbeste Restaurant. Das Menü war schlicht, aber sehr gut zubereitet. Beim Essen redeten wir ununterbrochen über die Frauen und insbesondere über die Frage, wie man ein Verhältnis einfädelt.
»Also hör zu«, sagte er, ein junges Perlhuhn zerlegend, »nimm an, du bist eines Tages eingeladen bei einer Frau, die dir gefällt; es sind jede Menge Leute da; unmöglich, die Dame auch nur einen Moment allein zu sprechen. Andererseits kennst du sie nicht gut genug, als daß du dir erlauben könntest, sie zu einer günstigen Stunde allein aufzusuchen. Was tust du also?«
Nach kurzem Überlegen gestand ich ein, ich hätte keine Ahnung.
»Du läßt deine Brieftasche unter einen Diwan fallen«, erklärte mir der Philosoph,« und am nächsten Tag zur von dir gewählten Stunde kommst du wieder, um sie abzuholen...«
Er lehrte mich anschließend eine große Anzahl von ähnlich wertvollen Finten und Kniffen... Aber als die Uhrzeiger auf acht zugingen, vertagte er den Rest der Vorlesung auf ein anderes Mal.
Nachdem ich eine ganz angemessene Rechnung beglichen hatte, erhob ich mich.
»Was machst du jetzt?« fragte er.
»Ich begleite dich erst mal. Und wenn du nichts dagegen hast, dann gehe ich sogar mit zum Zoologischen Garten, wo wir dann den theaterbegeisterten Pförtner doppelt vertreten können. Nach dem Dienst kommst du dann zum Schlafen zu mir.«

»Der Einfall ist ausgezeichnet!« rief er. »Es sieht so aus, als würde es eine wunderschöne Nacht werden. Ich fühle, ich bin in einer schöpferischen Phase...«

Eine uns offensichtlich gewogene Straßenbahn setzte uns nach knapp einer Viertelstunde vor dem Tor des Zoologischen Gartens ab.

Der Sohn des Pförtners erwartete uns voller Ungeduld; alle zwei Sekunden reckte er krampfhaft den Hals aus dem Stehkragen, um dem Erstickungstod zu entgehen. Seine Erzeuger waren schon vor gut einer halben Stunde aufgebrochen; sie trieb die Angst, keinen Platz mehr zu bekommen.

Das große Eingangstor war verschlossen; er öffnete die kleine Pforte und kam uns mit vor Freude hochrotem Gesicht entgegen. Er zeigte uns das Diensthäuschen und sagte:

»Es ist offen. Sie können sich dort einrichten. Es ist auch ein Kartenspiel da. Vielleicht wollen Sie auch lieber im Zoo spazierengehen.«

Hastig schüttelte er uns die Hand und eilte davon.

Wir betraten den Dienstraum. An der Hinterwand war eine Art graue Tafel befestigt. Daran hingen alle möglichen Schlüssel, jeder mit einem Kupferschildchen versehen. Peluque ging hin und griff sich entschlossen einen davon.

»Er gehört zu einem der Pavillons«, sagte er und ließ ihn in die Tasche gleiten. »Dort können wir uns unseren Träumereien hingeben, sollte uns die Laune danach sein. Steigen wir also erst einmal ganz hinauf zum

Aussichtsplateau. Dort ist es ohne Zweifel am schönsten. Du mußt mir dann Gedichte rezitieren...«

Der letzte Schimmer der Dämmerung war erloschen. Die Zweige der Bäume schnitten sternübersäte Dreiecke aus dem dunklen Himmel. Eine ungewöhnliche Stille ruhte über den Parkwegen, und einzig das ferne Rauschen des künstlichen Wasserfalls war noch zu vernehmen.

Peluque stopfte seine Pfeife, ohne auf den unregelmäßigen Stufen innezuhalten, die zum Plateau de Longchamp hinaufführten.

Über dem menschenverlassenen freien Platz spannte sich für uns der ganze Himmel mit seinen Millionen Sternen auf nächtlich blauem Samtgrund. Im Gras quakte dünn und leise ein Laubfrosch.

»Irénée«, sagte ich, »schau hoch und ergib dich der Betrachtung!«

Die Hände in den Taschen hielt der Philosoph inne und hob für einen Augenblick den Kopf. Dann zog er ein paarmal an seiner Pfeife. Schließlich nahm er sie aus dem Mund und beschrieb eine entschiedene, weitausholende Handbewegung.

»Nein, sage ich, nein und nochmals nein! Hätte ich die Ehre einer persönlichen Unterhaltung mit dem Schöpfer, ich glaube, ich würde einige Vorbehalte geltend machen.«

»Und welche?«

»Ich würde zu ihm sagen: ›Herr, gestatte einem Ästheten, der im Heimatland der großen klassischen Schrift-

steller geboren ist, eine von keinerlei Interesse beeinflußte Meinung kundzutun.
Sie sind wirklich rührend, deine Sterne da oben; zahlreiche Dichter haben sie besungen und dabei mit Lob für dich, o Herr, nicht gespart. Aber in Wahrheit geben so viele blinkende Lampions deinem Himmel einen etwas vulgären Anstrich, Herr, man denkt an die Straßendekoration am Nationalfeiertag; und wenn ich schon einmal dabei bin: die Milchstraße erinnert mich zu sehr an das Feuerwerk, das man draußen auf der Festungsinsel abbrennt.‹
Falls ich mich aber bemühe, so wie Dichter es tun, statt Lampions und bengalischem Feuer lauter Diamanten und Edelsteine zu erblicken, dann muß meine Kritik noch strenger ausfallen: ›Wie, Herr, soviele Karfunkeln und von solchem Kaliber? Einen seh' ich sogar, der ist grün! Und zwei, die sind rot! Ganz zu schweigen von den aufwendigen Kometen, die zuweilen das Geflimmere noch bereichern. Nein, ganz ehrlich, ich halte nicht viel davon ... Irgendwas ist da dran, scheint mir, irgendwas, wie soll ich sagen, im Geschmack Zweifelhaftes, etwas exotisch Halbseidenes ... Irgendwie zuviel von allem ... Alles zu üppig, und es kommt eindeutig heraus, daß du dem Orient verhaftet bist ...‹«
Unter uns ragten die Säulengänge des Palais Longchamp aus dem Dunkel; wie eine riesenhafte Brüstung umrahmten sie die zu unseren Füßen ausgebreitete Stadt. Tausende von Lichtern zeichneten Straßen in die tiefschwarze Fläche, ein blitzendes Stickmuster ... Es

waren so unendlich viele, daß man hätte glauben können, in einem stillen See spiegle sich der Himmel.
Wir setzten uns auf eine Bank unter die freundlich ausladenden Zweige einer Tanne. Schweigend rauchte der Philosoph seine Pfeife, dann, nach einigen Minuten, sagte er:
»Das menschliche Leben ist gänzlich fehlgerichtet, und schuld ist ein fundamentaler Irrtum; die Ursachen kenne ich nicht, aber daß es so ist, spüre ich sehr deutlich. Jacques, unser Leben spielt sich am Tage ab, und das ist das Widersinnige. Der Mensch ist ein Nachttier.«
»Welche Begründung kannst du anführen?«
»Jacques, wenn du morgens die Augen aufmachst, dann erwacht einzig dein Körper. Spürst du nicht, daß deine Sinne, deine Instinkte, deine Nerventätigkeit erst mit Einbruch der Dunkelheit wach werden? Nur allzuoft schweifen meine träumerischen Gedanken zurück zu unserem Vorfahren, dem wackeren, behaarten Neandertaler mit seinen listigen Äuglein, seiner breiten Nase, und seinem wie ein Weihwasserbecken vorstehenden Kiefer ... Den Tag verbringt er schlafend auf dem Boden einer halbdunklen Höhle. Von Zeit zu Zeit brummt er unwillig, und ein Zucken läuft über seine Haut, so daß ein Schwarm von Fliegen sich summend erhebt. Und so schlummert er mit fest geschlossenen Augen bis zur Abenddämmerung vor sich hin ...
Und nun stülpt die Nacht ihr ungeheures Sieb über den Himmel. Da erhebt er sich vom Boden. Minutenlang streckt er sich, räkelt er die steifen Glieder und läßt seine

Knochen knacken ... Er gähnt, entblößt sein beeindrukkendes Gebiß ... Dann wittert er in die Nacht hinaus ... und geschmeidig, alle Sinne geschärft, trollt er davon in die dichten Schatten, bereit zu jedweder Grausamkeit ... Jacques, Atavismus, das ist nicht bloß so ein gelehrtes Wort: in der fahlen Stunde zwischen Dämmerung und Nacht erwacht er, der scheue, wilde Vorfahre in uns ...«
Er verharrte sinnend einen Augenblick, und dann, als plötzlich irgendwo eine Uhr halb neun schlug, stand er auf und sagte halb im Weggehn:
»Ich laß' dich fünf Minuten allein ... Ich muß was nachsehen ... Du verstehst schon ... Ich überprüfe ...«
Ich verstand mitnichten, was zu überprüfen er sich vorgenommen hatte, aber ich vermutete irgendeine kleine Verrichtung, die zu den abendlichen Pflichten des Pförtners gehörte. Ich blieb auf der Bank sitzen und verfiel in träumerische Phantasien.
Ich dachte – wie hätte es auch anders sein können? – an das Mädchen mit den dunklen Augen. Ich wagte nicht, das Thema auf sie zu bringen, der Philosoph schien sie ganz vergessen zu haben. Und doch hatte ich tausend Fragen auf der Zunge: Hatte er sie wiedergesehen? Schien sie betrübt über mein Fernbleiben? War der junge Mann mit dem Lockenhaar wieder aufgetaucht? Aber die Angst vor spöttischen Bemerkungen hielt alle diese Fragen zurück.
Was sie wohl in diesem Moment gerade tat? Ich sah sie vor mir: wohlbehütet hinter sorgfältig verschlossenen Türen saß sie bei der Lampe und las in einem harmlos

gefühlvollen Roman, während durch das offene Fenster leise die Töne eines Klaviers herüberwehten. Dann sah ich sie in ihrer weißen Kammer, sie stand da und flocht ihr Haar für die Nacht...

Dies war der Stand meiner Gedanken, als ich in einiger Entfernung den Philosophen zurückkommen hörte. Schritte erklommen den steilen Hang, der hinauf zum Aussichtsplateau führt. Als das Geräusch noch etwa dreißig Meter von meiner Bank entfernt war, setzte es plötzlich aus.

Der Mond war soeben aufgegangen. Nun stieg er langsam, ein mächtiges Gestirn, in seiner sanften Pracht empor. Was hell war, nahm einen silbrigen Schimmer an, wo Schatten war, drohte jetzt Finsternis.

Erneut wurden Peluques Schritte hörbar. Diesmal entfernten sie sich, anscheinend die Treppen hinunter in Richtung Musikpavillon; ich begann mich zu fragen, was ihn wohl zu diesem Rundgang veranlaßte.

Als ich aufstand und in tiefen Zügen die linde Nachtluft einatmete, erfüllte mich körperliches Wohlgefühl. Ein sachtes Geräusch, und ich schaute mich überrascht um. Mir schien, als hörte ich auf dem in dunkle Schatten getauchten Weg, der zwischen den Bäumen herführte, sehr leise, zögernde Schritte. Ich trat einen Schritt im hellen Schimmer vor und blickte angestrengt in das verdächtige Dunkel. Wieder das leise Geräusch: kein Zweifel, jemand kam auf mich zu, und plötzlich stand zehn Schritte von mir entfernt, vom Mondlicht übergossen, das Mädchen.

In diesem Augenblick habe ich begriffen, woher die banale Redensart vom »Herz, das stillsteht« kommt, denn so war es, in meiner Brust gab es einen dumpfen Ruck, so heftig, daß ich fast das Gleichgewicht verlor…
Gleich danach fing mein Herz an, wie wild zu schlagen, und ich spürte, daß ich totenblaß wurde.
Das Mädchen war nicht weniger bleich als ich. Sie kam immer näher. Die dunklen, hochgesteckten Haare wirkten nachtschwarz, das liebliche Oval ihres Gesichts wirkte noch heller und reiner als sonst… Sie trug ein langes, gerade geschnittenes kurzärmeliges Kleid aus grauer Seide, um die Taille einen Gürtel mit lang herunterhängenden Enden. Auch auf den Armen schimmerte weiß das Mondlicht.
Sie kam ganz langsam näher, ich suchte nach Worten. Meine Lippen waren wie gelähmt, aber ich schaute sie unverwandt an… Dicht vor mir blieb sie stehen.
»Sie?… Hier?« stammelte ich.
Sie hob den Kopf und sah mich mit Augen, die von eigentümlichem Glanz erfüllt waren, schweigend und wie in ängstlicher Freundschaft an. Ich tat einen Schritt und legte sehr behutsam meine Hand auf die ihre. Sie erschauerte und wendete leicht den Blick zur Seite…
»Welches Wunder…«
Das Mädchen wandte sich mir wieder zu und legte mir mit jäher Kühnheit eine Hand auf den Mund. Gleichzeitig schmiegte sie den Kopf an meine Schulter und sagte sehr leise:
»Nicht sprechen, bitte…«

Ich hatte einen Arm um ihre geschmeidige Taille gelegt, jetzt zog ich sie heftig an mich. Ihre Stirn und ihr Haar waren an meine Wange geschmiegt, ihre Hand preßte die meine. Ich hörte, wie sie langsam und tief atmete, und lange standen wir so in der verklärten Nacht...

Und ich war gar nicht mehr erstaunt, ich war nicht mehr überrascht von dem Wunder; alles kam mir so logisch, so selbstverständlich vor... Ich liebte sie, sie liebte mich, es war ganz einfach, und dieses Glück, es stand uns zu.

Dann endlich hob sie den Kopf, und ich küßte lange ihre Lippen, das erste Mal.

Auf der schäbigen, im Dutzend irgendwo in einem nach Lack riechenden Verkaufslager beschafften Parkbank, erfuhren wir in der tiefen, von Küssen und Seufzern erfüllten Stille eine unsterbliche Nacht der Liebe.

Nicht ein Satz, nicht ein Wort wurde zwischen uns getauscht; dabei hatte mich tage- und nächtelang der drängende Wunsch verfolgt, endlich ihre Stimme zu hören... Glühend hatte ich den Augenblick herbeigesehnt, wo ich endlich zu ihr sprechen könnte, wo ich ihr tausend kindlich-zärtliche Kleinigkeiten mitteilen und ihr ebensoviele harmlose Geständnisse entlocken könnte... Zitternd vor Freude schwieg ich still; ich sah die schwarzen Augen, den roten Mund, das so bleiche und so liebe Gesicht... und ich küßte ihn, diesen Mund, ich küßte ihre Augen mit den langen Wimpern, ich küßte ihr feines, leichtes Haar...

Mir schien, es waren kaum fünf Minuten, daß wir so zusammen waren, da kam aus dem dichten Buschwerk

die Stimme von Peluque. Er sagte nichts weiter als die eigenartigen Worte:
»Die Mamsell wartet.«
Das Mädchen rührte sich nicht. Ich faßte sie am Arm:
»Liebes Fräulein, das Dienstmädchen erwartet Sie...«
»Schon...«, sagte sie in klagendem Ton.
Ich erhob mich und nahm sie an der Hand.
Wieder kam Peluques Stimme:
»Sie ist an der kleinen Pforte. Folgt mir.«
Jetzt sah ich, wie er etwa zwanzig Meter vor uns aus dem Dickicht herauskam. Und sein schwarzer Schatten tanzte über den weißleuchtenden Weg.
Eng umschlungen folgten wir ihm, aber an den Wegbiegungen hielten wir an und küßten uns lange. Dann, mit der näherkommenden Trennung, fanden wir auch zur Sprache zurück.
»Sie sind heimlich gekommen, wie war das möglich?«
»Wegen seiner Arbeit geht Papa jeden Abend außer Haus. Das Dienstmädchen ist ins Kino gegangen, und jetzt auf dem Nachhauseweg wartet sie auf mich. Sollte Papa etwas merken, würde ich ihm erzählen, ich sei mit ihr im Kino gewesen. Er würde zwar ein wenig schimpfen, aber nicht so sehr, wie wenn...«
Sie lachte leise, ein entzückendes Lachen.
»Und wann werden wir uns wiedersehen?«
»Übermorgen abend zur gleichen Zeit«, sagte sie. »Wollen Sie?«
Und ob ich wollte!... Großer Gott! natürlich wollte ich...

Langsam gingen wir die vielen Stufen hinunter, während Peluque ziemlich weit vor uns am Hang unten zu erkennen war; pfeiferauchend, die Hände in den Taschen, selbstsicher, als gehörte ihm die ganze Parkanlage, schritt er vor sich hin.
Wo die Treppen aufhören, wandte er sich nach links und schlug zwischen dichtem Grün einen schmalen Pfad ein.
Das Mädchen nutzte den Moment und legte noch einmal den Kopf an meine Schulter.
»Jacques…«, sagte sie sanft.
Ich erzitterte heftig.
»Wer hat Ihnen meinen Namen gesagt?«
»Ihr Freund. Und er, wie heißt er eigentlich!«
»Peluque.«
Sie lachte, dann sagte sie:
»Er hat einen sehr komischen Namen, aber er ist ein guter Freund. Ich mag ihn gern.«
»Aber Sie, liebes Fräulein, wie heißen Sie denn?«
»Yvonne.«
Yvonne! Unerhört erschien mir dieser Name, von außergewöhnlichem Glanz. Yvonne!…
Aber da rief uns Peluque mit gedämpfter Stimme.
Ein letzter Kuß, und wir gingen rasch zu ihm hin. Er stand in der Nähe einer kleinen eisernen Gittertür, die auf den Boulevard Philipon hinausging. Draußen vor dieser Tür wartete eine junge Frau; sie schien mir voller Ungeduld. Der Philosoph fragte sie:
»Niemand?«
Sie antwortete: »Niemand.«

Peluque zog einen Schlüssel aus der Tasche und sperrte auf.
»Es ist soweit«, sagte er.
Yvonne preßte leidenschaftlich meine Hand.
»Bis bald, Jacques.«
»Bis bald, Yvonne.«
Sie schlüpfte hinaus. Die beiden Frauen entfernten sich rasch. Ich folgte ihnen mit Blicken, wie sie das Trottoir entlangliefen, dann waren sie verschwunden.
Jetzt erst trat ich aus meinem Traum heraus und nahm die Wirklichkeit um mich herum wahr.
Der Philosoph hielt meinen Arm. Er führte mich den schmalen Pfad hinauf zurück zu der Stelle, wo die Stufen anfangen. Zuerst klopfte er am Geländer seine Pfeife aus, dann wandte er mir sein Freundesantlitz zu; das maliziöse Blitzen seiner Augen war nicht zu übersehen.
»Also, verehrter Buchhändler«, fing er an, »war das eine Überraschung oder nicht? Darauf warst du nicht gefaßt, was?«
In mir stieg ein Gefühl tiefer Dankbarkeit hoch.
»Irénée, du bist für mich mehr als ein Bruder. Deine Geschicklichkeit ist einfach unvorstellbar. Du hast mir die glücklichste Stunde meines Lebens geschenkt. Komm her, laß dich umarmen...«
Ich ergriff ihn an beiden Händen. Lachend stieß er mich zurück.
»Ich heiße nicht Yvonne«, war alles, was er zur Antwort gab.
Ich wußte nicht mehr, was ich ihm sagen sollte.

»Aber du wirst mir doch wenigstens erklären, wie du diesen Freundesdienst zuwege gebracht hast... Durch welches Wunder...«

»Es gibt keine Wunder in der Natur«, sagte er.

»Wie kommt es dann, daß dieser Pförtner den grandiosen Einfall gehabt hat, heute abend ins Theater zu gehen?«

»Ich habe etwas nachgeholfen und ihn eingeladen. Kostenpunkt für drei Eintrittskarten: achtzehn Francs. Nicht daß du die mir zurückerstatten sollst, aber ich darf dich darauf aufmerksam machen, nichts ist uns teurer als ein ungestörtes Idyll.«

»Also hattest du alles genau eingefädelt? Als du mich abholen kamst, war schon alles bereit, du wußtest das?«

»Es scheint so. Nun gut, jetzt wo das Fest vorüber ist, kann ich dir ja erzählen, wie es mit den Vorbereitungsarbeiten war.«

Auf einer Bank im Mondschein erstattete mir Peluque einen ausführlichen Bericht über sein planvolles Vorgehen. Wie gespannt ich ihm zuhörte, läßt sich unschwer vorstellen.

»Ich habe«, so schloß er, »sehr wohl gesehen, daß du es allein niemals schaffen würdest; so habe ich mich dir, der du es nicht wagtest, lächerliche kleine Hindernisse anzugehen, quasi substituiert. Klug und unzimperlich bin ich zu Werk gegangen, meine Kaltblütigkeit kennst du. Das Glück war mir gewogen...«

»Deine Geschicklichkeit ist unglaublich«, wiederholte ich.

»Ach laß nur«, sagte er, »es ist ganz falsch, wenn du mich mit deiner Dankbarkeit überschüttest. Ich verdiene sie gar nicht. Ich habe durchaus auch an mich gedacht. Mir war wichtig, unseren Freund Grasset nachdrücklich widerlegt zu sehen… Ich wollte, er wäre hier zugegen und sähe dich so, von Liebe hold umnebelt…«

Es fiel mir nicht ein, gegen die Formulierung zu protestieren.

»Peluque«, sprach ich zu ihm, »du hattest recht. Ich liebe das Mädchen, ich habe sie vom ersten Tag an geliebt. Ich war einfach dumm, daß ich das nicht zugeben wollte. Aber noch einmal beteure ich, ich wußte es selbst nicht. Und dann hatte ich den Eindruck, für dich war das nur eine banale und ganz und gar bürgerliche Leidenschaft. Ich schwöre dir, genau das ist es nicht. Ich liebe sie nicht wie der erstbeste Stehkragencommis, und ich liebe sie nicht so, wie man es aus Romanen kennt.«

»Komm, laß uns aufhören«, versetzte er, »das Thema lastet auf deiner Seele. Feiern wir lieber meine edle Tat. Um die Sache anzufangen und die Fäden in der Hand zu behalten, bedurfte ich zweier Eigenschaften: Kühnheit und Klugheit; ich bin weder dumm geboren noch schüchtern, und dafür, daß es mein erster Versuch war, muß ich meine Leistung über die von Beaumarchais' Figaro stellen. Aber als dann die eigentliche Inszenierung anstand, da war noch anderes gefragt: jetzt begann der künstlerische Teil.

Zunächst habe ich den Ort ausgewählt: diesen ausgedehnten, gegen Neugierige gut abgeschirmten Park;

sodann habe ich den Tag und die Stunde ausgewählt, nachdem ich zum Observatorium gegangen war und den dortigen Wetterdienst konsultiert hatte; stell dir nur mal vor, welche Folgen ein heftiger Regenguß gehabt hätte.
Zum anderen benötigte ich unbedingt den Mond, und zwar, wie du verstehen wirst, den Vollmond: eine Sache des Bühnenbildes, außerdem wirkt er unwiderstehlich auf das Nervensystem. Das ganze Tableau ist mir nicht übel gelungen, denk nur an die hohen, reglosen Bäume, die Glühwürmchen (habe ich selbst vorher um die Bank herum ausgesetzt) und die zarten Froschstimmen. Perfekt, möchte ich sagen. Ach, und das schlimmste war, daß ich mich zwingen mußte, mich zu entfernen, daß ich diesem Triumph nicht beiwohnen durfte, deinem Triumph wohlgemerkt, aber immerhin hatte ich ihn angebahnt ...«
Ich horchte auf:
»Solltest du etwa verliebt sein in das Mädchen?«
Zu meinem eigenen Erstaunen klang meine Stimme beinahe hart. Der Philosoph reagierte mit Lachen:
»Deinen Freund in der Luft zerreißen würdest du!« sagte er. »Die Liebe ist doch ein sehr ausschließliches Gefühl!... Schlimm, dieser Wahnzustand! Du darfst beruhigt sein, ich bin nicht Cyrano de Bergerac ... Aber sprechen wir nun von praktischen Dingen: Habt ihr euch nicht beim Abschied für übermorgen erneut ein Stelldichein gegeben?«
»Ja... Sie kommt übermorgen abend hierher.«

»Ich weiß nicht, ob das so ohne weiteres möglich ist.«
»Irénée«, sagte ich flehend, »tu's für mich... Du bist erfindungsreich, du bist intelligent... Heute abend hast du es uns doch bewiesen... Komm, sei nett, laß dir etwas einfallen... Du hast doch Phantasie... Wenn du zum Beispiel diesen Schlüssel behältst?«
»Eine heikle, sehr heikle Sache...«, war die Antwort.
»Warum zum Teufel nimmst du sie nicht mit zu dir?«
»Ich habe mich nicht getraut, es ihr vorzuschlagen... Eigentlich hätte ich es tun sollen... Wahrscheinlich ist es ganz richtig... Auf jeden Fall aber wird sie übermorgen abend um halb neun vor dieser Gitterpforte stehn...«
»Also gut, sei's drum...«, sagte er. »Ich werde, wenn ich zu Hause bin, einen absolut gleichen Schlüssel fabrizieren. Morgen früh gebe ich dann das Original dem Pförtner zurück und sage ihm, ich hätte mich vertan, mir fällt schon was ein. Wir kommen wieder hierher, ohne daß er es ahnt... Hier in diesem Teil des Parks ist in der Nacht kein Mensch... Und ich bewache aus gebührender Entfernung eure Liebeshändel...«
»Peluque«, rief ich mit Inbrunst, »du bist ein wahrer Freund...«
»Das sagt man, wenn alles glatt geht«, versetzte er lachend. »Aber fast hätte ich es vergessen!... Wir werden nun vielleicht ein merkwürdiges Schauspiel erleben... Folge mir...«
Wir stiegen die Stufen hinunter in Richtung Tierpark.
»Man behauptet«, erläuterte der Philosoph, »Raubkatzen würden sich in Gefangenschaft kaum je fortpflanzen.

Ich habe beschlossen, mir Gewißheit zu verschaffen. Während du als Romeo im Einsatz warst, bin ich hingegangen und habe sämtliche Verbindungstüren zwischen Löwe und Löwin hochgezogen... So hat denn diese Nacht, deren Mond deine Liebesseufzer beschien, vielleicht erlebt bzw. erlebt noch, was man ein galantes Abenteuer des Königs der Tiere nennt... O zwiefach hochzeitliche Nacht!... Schöner bist du und duftender als die anderen Nächte...«

Ich folgte ihm, und in meinem Schädel dröhnte das Glück. Durch meine Adern pulste leichtbeschwingt das Blut. Ich lachte vor mich hin und kaute an einem schmalen Tannenzweig, während ich schwungvoll voranschritt.

»Falls der Lärm, den ich verursacht, und das Fleisch, das ich ihnen reingeworfen habe, die beiden Bestien dem Schlaf entrissen haben, dann zweifle ich eigentlich nicht am Gelingen des Experiments. Die Tragzeit der Löwinnen ist sechs Monate... In einem halben Jahr hat der Zoo von Marseille kleine Löwenkinder... Wer wird dann sehr erstaunt sein? Natürlich der Herr Bürgermeister!...«

Während wir die Fußgängerbrücke überschritten, die zum eigentlichen Zoo hinüberführt, teilte er mir seine Idee mit: das Experiment auf andere Insassen auszudehnen, zum Beispiel auf die Tiger und die Bären. Er nahm sich sogar vor, diverse Kreuzungen in die Wege zu leiten, zoologisch gesehen hochinteressante Projekte. Er war gerade dabei, sich – träumenderweise – in einem dank seiner Bemühungen gänzlich neu bevölkerten Zoo zu ergehen, als ein langanhaltendes Brüllen die Nachtluft erzittern ließ. Begonnen hatte es mit einem tiefen Grollen, schnell steigerte es sich zu fast jaulenden Tönen.

Ein Schauer lief mir den Rücken hinab.

»Hörst du?« sprach Peluque zu mir gewandt.

»So hat er noch nie reagiert. Wirklich niemals ... Das ist wohl sein Liebesschrei ... Komm, beeilen wir uns, erleben wir es mit, das große Tête-à-Tête ...«

Im Laufschritt setzten wir unseren Weg fort. Wir waren noch hundert Meter von dem Käfig entfernt, als ein erneutes Brüllen ertönte; diesmal klang es verhalten, fast dumpf ... Dann als Antwort ein schreckliches Fauchen, rauh, kurz, drohend ...

»O heiserer Laut der Liebe!« stieß der Philosoph atemlos hervor ... »O wilder Ruf! ... Lukrez hat vollkommen recht, wenn er die Liebe mit einem Zweikampf vergleicht! ...«

In fünfzig Metern Entfernung stand der große Käfig, hell warf die weiße Hinterwand das Mondlicht zurück. Peluque hielt an und packte mich am Arm.

»Stören wir sie nicht!« flüsterte er mir ins Ohr. »Psst, keinen Laut!«

Exakt in diesem Moment brach die ungeheuerlichste Kakophonie aus, die je die Nacht erschüttert hat. Ein wüstes Brüllen, Schnauben und Knurren entrang sich dem Käfig und stieg hinauf zum bestirnten Firmament. Durch die Eisenstäbe hindurch sahen wir das Wirbeln zweier dunkler Gestalten, die mit blitzschnellen Tatzenschlägen, fürchterlichem Aufbrüllen und wahnwitzigem Wut- und Schmerzgeheul aufeinander losgingen... In furiosem Auf- und Ineinander zerfetzten sich die beiden Raubkatzen. Und wenn sie dumpf gegen das Gitter prallten, dann bebte der Käfig wie ein geflochtener Weidenkorb...

Bestürzt trat Peluque näher heran. Dicht neben seinem Ohr rief ich durch den Tumult: »Die kämpfen ja!«

»Du sagst es!« rief er im gleichen Ton zurück. »Was nun?«

Wir versuchten es mit Steinwürfen: ein sinnloses Unterfangen. Das Toben der Bestien steigerte sich noch. Vom Lärm aufgeweckt, schickten die Tiger ihr schrilles Fauchen herüber. Die Hyänen schlugen an, die Wölfe heulten schauerlich. Jetzt meckerten auch die Bergziegen, die Füchse kläfften und die Büffel röhrten; und plötzlich erklang das wilde Trompeten des Elefanten und durchdrang mühelos den tollen Krawall.

Das Höllenspektakel hielt an. Peluque wandte mir ein ratloses Gesicht zu, dann plötzlich lachte er aus vollem Herzen los und schlug sich dabei sogar auf die Schenkel. Er hielt sich den Bauch, ließ sich halberstickt auf den Rasen fallen. Immer wieder sagte er: »Ich lach' mich tot, du nicht? Ich lach' mich tot!«

Von Sekunde zu Sekunde bereicherte sich das entfesselte Konzert um eine neue Stimme, da sah ich auf dem Hauptweg zwei komische Schattengestalten heranstürmen. Es waren der Pförtner und sein Sohn.

»Was ist denn passiert?« fragte mich der Mann völlig außer Atem.
Ich schenkte mir die Antwort: was in dem Schreckenskäfig vor sich ging, war ihm Auskunft genug, denn er verbarg die Stirn in beiden Händen und stieß einen Schwall von provenzalischen Flüchen aus.
»Ich hatte vergessen, am Abend die Zwischentür zu schließen!« schrie ihm der Philosoph jetzt zu.
In diesem Augenblick erschienen auf der Bildfläche zwei Polizisten, die von der Frau des Pförtners alarmiert worden waren; dann nacheinander ein Kellner und zwei Straßenbahner in Uniform. Und alle diese Leute lachten und genossen auch insgeheim die leise Furcht, der Käfig könnte der Belastung nicht standhalten.
»Sie werden sich umbringen«, stöhnte der Pförtner...
»Bestimmt werden sie sich umbringen...«
Aber urplötzlich verfolgte ein mächtiger Wasserstrahl die beiden Großkatzen: der Sohn des Pförtners war soeben auf die Lösung gekommen: er hatte den nächsten herumliegenden Gartenschlauch in Stellung gebracht und stand jetzt da und bespritzte die Kontrahenten. Im Nu war ein zweites Rohr gefunden und ausgerichtet; der Zweikampf war bald beendet. Die Gegner zogen sich in ihren jeweiligen Käfig zurück, leckten ihre Wunden und stießen von Zeit zu Zeit noch allerlei Knurrtöne aus. Von außen schloß Peluque die Trenngitter. Nach und nach erstarb das gigantische Konzert. Als dichtgeschlossenes und im Mondlicht lebhaft gestikulierendes Grüppchen kehrten wir zum Haupteingang zurück:

»Es ist verblüffend«, sagte Peluque, »nie hätte ich geglaubt, Tiere könnten in der Gefangenschaft so versauern, daß ihnen jegliche Lust an der Paarung vergeht. Nie würde ein Hund eine Hündin beißen. Und hier, bei dieser seltsamen Auseinandersetzung, habe ich klar und deutlich gesehen, wie der Löwe die Löwin gebissen hat!«

»Welche Löwin?« fragte der Pförtner. »Es gibt keine Löwin!... Es sind zwei männliche Löwen ...«

Peluques Gesicht drückte nur noch Verblüffung aus.

Der Pförtner fuhr fort:

»Der mit der Mähne, das ist ein normales Männchen. Der andere ist ein Berberlöwe. Die sind besonders aggressiv ...«

»Aber was ist mit dem Schild?« sagte der Philosoph. »Es steht doch ausdrücklich ›Löwin‹ drauf!«

»Das Schild ist uralt... Und außerdem ist es ganz gut für's Publikum... Wir haben sozusagen ein komplettes Paar, nicht wahr?«

In diesem Augenblick trafen wir auf sechs Feuerwehrleute, die mit schimmernden Helmen und im Laufschritt daherkamen. Man hatte sie telefonisch herbeigerufen... Vor der Pforte zerstreute sich unsere Gruppe, wir vermieden es, den wenigen Neugierigen, die sich eingefunden hatten, Auskunft zu geben...

»Ende gut, alles gut«, sagte Peluque zum Pförtner und schüttelte ihm die Hand... »Aber... an die große Glocke muß man den Vorfall ja nicht hängen, nicht wahr?«

»Dem Chef werde ich es wohl sagen müssen«, gab der brave Beamte zurück... »Die Schrammen werden nicht zu übersehen sein... Nun, das wird sich morgen alles ergeben...«

Um vier Uhr morgens begab ich mich zu Bett; ich brachte zunächst eine himmlische Stunde damit hin, mir diese Nacht in Erinnerung zu rufen. Minute für Minute, Sekunde für Sekunde erlebte ich noch einmal die einzelnen Stationen. Immer wieder murmelte ich: »Yvonne... Yvonne...«, und im schützenden Dunkel lachte ich vor Freude. Dann fiel mir ein, daß sie mir ihren Familiennamen nicht gesagt hatte: Ach, wozu... Yvonne, das war genug. Anschließend bereitete ich mich sorgfältig auf unser nächstes Zusammentreffen vor. Ach, so viele rührende Einzelheiten meines Lebens, soviele zärtliche kleine Gedanken würde ich ihr offenbaren... Woraufhin ich von ihr tausend Auskünfte über sie selbst erheischen würde: was hatte sie sich bei unserer ersten Begegnung gedacht? Warum hatte sie mir so gar keine Gelegenheit gegeben, sie anzusprechen? Aber langsam kam dann doch der Schlaf über mich, und lächelnd wie ein Kind schlummerte ich ein.

Ein heftiger Lärm weckte mich. Im hereinströmenden Licht sah ich Peluque, der soeben das Fenster weit aufgerissen hatte. Er stand am Fußende meines Bettes. »Na mein schöner Don Juan«, sagte er, »Viertel nach zwölf!«

Träge räkelte ich meine Glieder und blinzelte in das Sonnenlicht.

Peluque kam mir intelligent und schön vor; mein Zimmer war der Mittelpunkt alles irdischen Glücks, und das

Schulmädchen von nebenan, das seine Tonleitern klimperte, wurde zur göttlichen Virtuosin.

»Peluque«, sagte ich, »das Leben ist voller Glanz und voller Wonne. Sie liebt mich... Wer hätte das gedacht...«

»Aufstehn!« rief der Philosoph und zog mir die Decke weg. »Soeben habe ich in der Kneipe nebenan das Mittagessen bestellt; ein hurtiger Kellner wird uns in wenigen Minuten ein intimes und delikates Menü heraufbringen. Wir essen hier, zur Feier meines Rauswurfs!«

Verstört sprang ich aus dem Bett.

»Du bist rausgeschmissen worden?«

»Genauso ist es«, sagte er. »Der Pförtner hat mich verraten. Meinen Kollegen war ich nicht sonderlich genehm, genausowenig bestimmten Vorgesetzten, die sich nie getrauten, mir Anweisungen zu geben. Meine Gönner waren mächtig, aber triumphiert hat die schnöde Intrige. So ist es, der Pöbel sieht mit Neid und Eifersucht auf die, die ihm überlegen sind; nicht umsonst hat Sokrates den Schierlingsbecher trinken müssen... Dank des moralischen Fortschritts war ihr Haß für mich nicht gleichermaßen tödlich; mich stoßen sie nur zurück in ein Leben des Müßiggangs und der Kneipenbesuche; und in meinem Fall findet die tückische Süße des Schierlingstranks sich ersetzt durch die bekömmliche Bitternis des Wermuts.«

Ich war sehr betrübt und wiederholte nur immer wieder, während ich meine Socken suchte:

»Aus dem Dienst entlassen? Rausgeschmissen?«
»Nun glaub's doch«, sagte er mit leichter Ungeduld. »Mit Schimpf und Schande davongejagt, und warum? Weil zwei unvernünftige Bestien sich ein paar Haarbüschel und vielleicht ein paar Ohrfetzen ausgerissen haben. Genug davon... In bestimmter Hinsicht bin ich nicht einmal so verärgert: ich darf dir anvertrauen, ich hätte sowieso bald um Entlassung gebeten... Bedauerlich ist nur, daß du für deine nächtlichen amourösen Umtriebe nun diese Stätte nicht mehr nutzen kannst...«
»Hast du den Schlüssel nicht behalten?«
»Eben nicht«, war die Antwort. »Ich hab' ihn zurückgegeben und nicht einmal einen Wachsabdruck gemacht. Wegen der lächerlichen Zwistigkeiten zwischen den beiden Raubkatzen ist die Generalverwaltung jetzt völlig aus dem Häuschen; man hat angeordnet, daß fünf Wärter die ganze Nacht hindurch Dienst tun und daß sie im Zoo und im angrenzenden Park regelmäßig die Runde machen...«
Einen Augenblick lang war ich ganz starr, so sehr durchdrang mich die bittere Enttäuschung. Aber dann sah ich im Spiegelschrank mein Ebenbild: ein großgewachsener junger Mann in einem langen weißen Hemd, in der einen Hand eine Schlafanzughose, in der anderen einen einzelnen Socken, und dieser Jüngling zog unter wild verstrubbeltem Haar ein enttäuschtes Gesicht. Ich mußte trotz allem lachen.
Peluque hatte es sich in einem gepolsterten Sessel bequem gemacht; er entzündete seine Pfeife.

»Wenn man's recht überlegt«, redete er mir zu, »an Orten für ein Stelldichein mangelt es wirklich nicht. Unzweifelhaft würde deine kleine Junggesellenwohnung ein hervorragendes Liebesnest abgeben. Nur weiß ich nicht, ob das Dienstmädchen, wenn ihm plötzlich seine Aufsichtspflichten bewußt werden, dann noch bereit wäre, sie dort allein in deiner Gesellschaft zurückzulassen... Wie dem auch sei, ich hoffe selbst, diese Dienerin zu verführen und ihre sämtlichen Skrupel dadurch zu zerstreuen, daß ich ihr eine heftige Leidenschaft einhauche. Morgen abend trete ich zum Angriff an.«

»Aber wo nur? Ist dir bewußt, daß die beiden dann um halb neun vor der verschlossenen kleinen Pforte stehen?«

»So gehn wir halt hin und stellen uns auf; sobald sie kommen, erzählen wir ihnen unser Mißgeschick, und dann schlagen wir ihnen vor, den Abend bei dir zu verbringen.«

»Aber wenn das Dienstmädchen ablehnt?«

»Dann können wir immer noch auf der Straße plaudern: du wirst schon irgendein dunkles Eckchen finden. Denk nur daran, daß der Boulevard Philipon ein idealer Ort für solche Treffen ist. Die Fahrbahn wird dort nicht von unverschämten Schaufenstern erhellt, was fast überall sonst die Straßen für unsere Zwecke unbrauchbar macht. Immerhin muß ich dich auffordern, den Straßenbahnen zu mißtrauen. Sie kommen urplötzlich daher und tauchen ein betreten blickendes Pärchen in ihr

Licht … Mir hat die Straßenbahn da schon ganz üble Streiche gespielt. Du bist gewarnt.«

Ich hörte zu und planschte in meiner Waschschüssel herum.

Die Mahlzeit verlief in aufgekratzter Stimmung. Wir sprachen – beziehungsweise ich sprach – viel von dem Mädchen.

»Du mußt sehn, Peluque, alles an dieser Liebe ist irgendwie neu und nie dagewesen. Nie habe ich, wie irgend so ein banaler Stenz, das Mädchen auf der Straße angesprochen. Ich habe nicht einen Span Süßholz geraspelt. Unsere erste Bewegung aufeinander zu, als sie mir in der Sternennacht erschien, war ein schweigender Kuß. Ich gestehe dir, ich liebe sie, aber nicht im landläufigen Sinn dieses Wortes.«

Er drückte sein volles Einverständnis aus. Dann fügte er hinzu:

»Es wäre jedoch ungerecht, wollte man behaupten, ihr hättet einen ganz und gar neuen Weg beschritten. Es gibt Gestalten wie Francesca da Rimini und ihr – wie heißt er noch? – die liebten ebenso poetisch, ebenso bewegend … Nur hatten diese Leutchen das verdammte Glück, einen Dante zu finden, der hat für sie die richtige Werbung gemacht: er hat sie groß herausgebracht. Während bei dir … Nun egal, du bist glücklich, das ist die Hauptsache …«

Und in der Tat, glücklich war ich, wenn auch voll nagender Ungeduld.

Den folgenden Nachmittag verbrachten wir in einem Kinosaal; die Liebesabenteuer der jugendlichen Heldin erschienen mir seicht, verglichen mit dem schönen Abenteuer, das ich dem Mädchen mit den dunklen Augen verdankte. Aber die Musik, und insbesondere die Barcarole von Mendelssohn, versetzte mich in träumerisches Wohlgefühl. Ich mußte daran denken, was Stendhal geschrieben hatte:
»Wenn Musik vollkommen ist, dann schafft sie dem menschlichen Herzen ganz genau die Situation, in der es sich befindet, sobald das geliebte Wesen in der Nähe ist.«
Die Musik in diesem Kino war keineswegs vollkommen, und doch geriet ich in Verzückung. In meinem Leben weiß ich von wenigen Nachmittagen wie diesem.
Am Abend speiste ich bei Lemeunier zusammen mit Peluque und Grasset. Unser Gastgeber lebte allein, umgeben von einer dienstbaren Köchin, einem Dienstmädchen und einem Chauffeur, in einer hervorragend ausgestatteten Wohnung am Boulevard de la Madeleine. Ich hatte ihn vorgewarnt, daß unaufschiebbare Geschäfte mich zwingen würden, die Tischgesellschaft schon um Viertel nach acht zu verlassen. Demzufolge saßen wir bereits um sieben beim Essen.
»Wo habt ihr den heutigen Tag verbracht?« fragte mich der grandiose Narr und hielt mir die Platte mit den Vorspeisen hin.
»Im Kino.«
Grasset lachte abschätzig und laut, beinahe hätte er sich dabei an einer Krabbe verschluckt.

»Kino, aha...«, keuchte er. »... der Gipfel der Kunst sozusagen...«
»In den Kinosälen werden mir göttliche Freuden zuteil«, sagte Lemeunier und verschlang rohe Tomatenhälften, »...wahrhaft göttliche Freuden...«
»Du meinst mit deiner Begleiterin in der letzten Reihe?« erkundigte sich Peluque.
»Nein (kann ich die Butter haben?). Ich schaue und meditiere. Ist es denn zu fassen? Da sitzen fünfhundert Einzelpersonen, fünfhundert menschliche Tiere. Sie sind nicht etwa alle zahnlos, sie sind nicht alle ohne Fingernägel, und doch gehen sie nicht alle aufeinander los, schlagen sie nicht ihren Eckzahn in die Halsschlagader ihres Nachbarn, um sich eine kostenlose Mahlzeit rauszusaugen... Ganz im Gegenteil, die Hände brav auf dem Schoß, betrachten sie aufmerksam das Bilderbuch, das der Mann am Vorführapparat für sie aufblättert... Sowas von Passivität!... Total degeneriert!... Sie haben keinen Schimmer davon, was Lebenskampf heißt...«
»Ganz im Gegenteil«, sagte Peluque und schenkte den Tischgenossen Sauternes ein, »sie wissen nur zu gut, wie besagter Kampf aussieht; sie wissen, daß ein direkter Angriff, so wie du ihn für begrüßenswert hältst, nur wenig einbringen würde: mit Müh und Not ein paar Mahlzeiten rohes Fleisch, und ungenießbar wäre es höchstwahrscheinlich auch noch...«
»Dagegen, wenn sie ihresgleichen im passenden Moment um die Ecke bringen, oder besser noch, wenn sie ihn betrügen und bestehlen, dann gelangen sie an

das schöne Geld, die klingende Münze, die zu durchgebratenem Fleisch verhilft, zu gesundem, abwechslungsreich zubereitetem Rindfleisch ... Die Leute, die wirklich kapiert haben, wie der Lebenskampf läuft, sind übrigens ein kleines Häuflein: nennen kann ich dir eigentlich nur die Händler und die Diebe.«

Lemeunier, der gerade eine Languste auseinandernahm, rief:

»Dieb möchte ich nicht sein ... Erstens bin ich dazu nicht intelligent genug und zu wenig bewandert in den einschlägigen Fähigkeiten. Und zweitens ist es keine gesicherte Existenz ...«

»Pensionsberechtigt ist man auch nicht«, ergänzte Peluque.

»Das Berufsrisiko ist erheblich«, fügte ich hinzu.

»Ach was ... Wenn man ein bißchen geschickt ist ... In der Morgenzeitung steht etwas von einem gewissen Bergouin, der ganz in der Nähe hier wohnte; seit ungefähr zehn Jahren lebte dieser ehrbar auftretende Zeitgenosse von Gaunereien. Er hat alles aufzuweisen: Gefälschte Postanweisungen, gefälschte Schecks, gefälschte Banknoten, Beleihung imaginärer Warenposten, Diebstähle in Eisenbahnzügen, Einbrüche in Mietshäuser, Landhäuser, Bauernhäuser, Einfamilienhäuser, in Hotels und Villen, in Schlösser und Bruchbuden. Ein abgesprungener Hehler hat ihn angezeigt. Als die Polizei an seiner Tür auftauchte, um ihn einzukassieren, war er auf und davon; und als Herr Auf und Davon wird er wohl registriert bleiben, denn man hat den schlauen Kerl

nicht aufgespürt... Ach, Peluque, er war bei mehreren Wohltätigkeitseinrichtungen aktiv und führte bescheiden den Titel eines ›Mitglieds im Kirchenvorstand‹.«
Inzwischen wurde der Champagner serviert, und das Gespräch wandte sich anderen Themen zu.
Lemeunier füllte die Gläser und versuchte, uns einige Entdeckungen der Geometrie nahezubringen: Er hatte zwei neue Lehrsätze erfunden, die er nun mit großem Gestenaufwand in die Luft hineinschrieb und vor unseren Augen erläuterte. Danach vertraute er uns an, daß er gerade erst einen wundervollen Motor ertüftelt hatte: Es genügte, so sagte er, in der Erde eine gigantische Röhre zu versenken, deren eines Ende am Nordpol ans Tageslicht treten würde, das andere am Äquator. Das Pol-Ende würde der Aufsicht von vier Lappländern unterstellt, deren Entlohnung in jeder Menge Kerzen bestehen würde, hinter denen sie bekanntlich besonders her sind. Die Bewachung des afrikanischen Rohrendes würde den N'Gambis übertragen: das seien Neger von sanfter Gemütsart, die mit modischem Glasperlenschmuck als Bezahlung sehr zufrieden sein würden.
»Zwischen den beiden Enden der Röhre«, so fuhr er fort, »wird ein Temperaturunterschied von schätzungsweise achtzig Grad herrschen.
Unverzüglich wird demnach ein machtvoller Luftzug einsetzen: wir brauchen dann nur noch in der Röhre eine bestimmte Anzahl von Turbinen oder, wenn euch das lieber ist, von Windmühlen einzubauen. Dank einem sehr simplen System von Antriebsrädern und Ketten

werden sämtliche Fabriken, die man unweigerlich entlang des Rohrverlaufs errichten wird, mit der nötigen Betriebsenergie versorgt werden ...«

Wir sprachen ihm unsere herzlichen Glückwünsche aus, und Peluque riet ihm, ein Exposé zu verfassen, damit das Geschäft in Form einer Aktiengesellschaft anlaufen könnte.

Aber mittlerweile war es acht Uhr zehn, und ich erhob mich.

»Wo gehst du hin?« frage Grasset.

»Ein Stelldichein«, sagte Peluque augenzwinkernd. »Ich gehe mit.«

Ziemlich beunruhigt sah uns der Dichter nach, wie wir unsere Hüte nahmen; Lemeunier hinderte ihn daran, uns weitere Fragen zu stellen, indem er seine neue kosmographische Hypothese darzulegen begann: in schwindelerregend unverständlichen Worten dozierte er über die »Verdichtung des Weltäthers« und die »Verdickung der Sternprotoplasmakerne«.

Unterdessen hasteten wir die Treppen hinunter: Wenige Minuten später befanden wir uns vor der kleinen Pforte.

»Ich bin aus zwei Gründen mitgekommen«, sprach der Philosoph.

»Zum einen hätten deine unruhigen Wandelschritte auf diesem Trottoir die Neugier der wenigen Passanten oder irgendwelcher Polizeibeamter geweckt. Zum andern glaube ich, daß deine holde Beatrice gefolgt von dem jungen Dienstmädchen erscheinen wird, genau wie in der klassischen Komödie.

Du weißt, es ist meine Spezialität, Dienstmädchen, Kammerzofen und sonstige weiblichen Hausgeister abzulenken... Ihr könnt euch also viel unbeschwerter eurem Liebesgeflüster hingeben, wenn ich mit treffender und raffinierter Rede die Aufmerksamkeit der Hausmamsell gefangenhalte.«

Plötzlich tauchte in einiger Entfernung auf dem Trottoir die Gestalt einer jungen Frau auf. Es war knapp zwanzig Minuten nach acht. Sie war allein: mein Interesse konnte sie nicht erregen.

Aber sobald sie uns sah, kam sie direkt auf uns zu; ich erkannte das Dienstmädchen wieder. Ihr Gesicht hatte einen merkwürdigen Ausdruck.

»Guten Abend«, sagte sie. »Sie sind trotzdem gekommen?«

Die Frage wunderte mich. Da sah ich, sie hatte rotgeränderte Augen: ich begriff plötzlich, sie mußte von Peluques Entlassung erfahren haben.

»Aber ja doch!« sagte ich. »Warum denn nicht? Wo ist Yvonne?«

»Haben Sie's nicht in der Zeitung gelesen?«

»Steht es sogar in den Zeitungen?« fragte Peluque verblüfft.

»Aber natürlich«, sagte die junge Frau. »Ganz ausführlich. Abgebildet ist der gnädige Herr auch... Aber wenn Sie keine Zeitung gelesen haben, wer hat's Ihnen dann gesagt?«

»Mein Bild?« rief der Philosoph verstört aus. »Hören Sie mal, wovon reden Sie eigentlich?«

»Na von der Geschichte mit dem gnädigen Herrn.«

»Wir haben keine Ahnung von einer derartigen Geschichte«, sagte Peluque.

Sie rang plötzlich die Hände.

»Gestern nachmittag um vier Uhr ist der gnädige Herr mit dem Fräulein aus dem Haus gegangen. Mir hatte er aufgetragen, das Abendessen für neun Uhr vorzubereiten, es würde auch noch ein Freund kommen. Um sieben Uhr sind dann drei Männer von der Polizei erschienen; sie waren in Zivil. Sie haben mir Fragen gestellt. Als ich gesagt habe, daß der gnädige Herr um neun Uhr kommen würde, haben sie mich in ein Zimmer eingesperrt, und dann haben sie gewartet. Um elf Uhr, als niemand gekommen war, haben sie zu Abend gegessen und auch mir was zu essen gegeben. Dann haben sie weitergewartet bis zum Morgen; aber der gnädige Herr ist nicht mehr gekommen. Da haben sie dann alles verriegelt und verschlossen, dann haben sie mir gesagt, die Justiz würde mich noch brauchen, ich solle mir anderswo eine Unterkunft besorgen und ich solle morgen früh zum Inspektor kommen und ihm meine Adresse mitteilen.«

Ich war erschüttert.

»Wie hieß der gnädige Herr?« fragte Peluque.

»Er hieß Bergouin, aber das stimmte nicht, so wie's aussieht, war der gnädige Herr ein Einbrecher und hatte jede Menge Namen. Also ich, ich bin schon sehr verwundert, muß ich Ihnen sagen... Eine so gute Stellung... Und das Fräulein war so nett...«

Eine furchtbare Verzweiflung umkrampfte mein Herz. Mit tonloser Stimme fragte ich:
»Aber sie, ist sie weg?«
»Ja.«
»Sie wissen nicht, wo sie ist?«
»Nein.«
»Sie hat Ihnen nichts gesagt? Keine Nachricht für mich? Kein Wort des Bedauerns, kein Wort der Freundschaft?«
»Mein Gott, nein ...«, sagte das Dienstmädchen. »Aber als sie um vier Uhr gegangen ist, da hat sie doch gar nicht gewußt, wohin sie der gnädige Herr mitnimmt. Sie glaubte natürlich, daß sie am Abend zurück sein würde, die arme Kleine ...«
In diesem Augenblick unterbrach uns Peluque:
»Wir können nicht die ganze Nacht an dieser Stelle hier verbringen. Mein Fräulein, Sie sehen, welches Unglück über meinen Freund Jacques hereingebrochen ist. Sie haben doch ein mitfühlendes Herz, so werden Sie es nicht ablehnen, ihn nach Hause zu begleiten, dort können Sie ihm von ihr ausführlich erzählen. Und Sie selbst, das sehe ich, Sie brauchen auch ein wenig Trost... ein wenig Freundschaft... Sie brauchen jetzt Unterstützung... moralische Unterstützung meine ich natürlich ...«
Also sprach er und hängte sich einfach bei der jungen Frau ein. Zu dritt gingen wir im gleichgültigen Licht der Gaslaternen den Boulevard hinunter. Ich fuhr mit meinen Fragen fort. Ich fand eine Art Linderung darin, jemanden von dem Mädchen reden zu hören, der sie aus

der Nähe gekannt hatte. Diese Dienerin hatte eine empfindsame Seele: als sie das Haus verließ, war sie trotz der seltsamen Umstände ihres Auszugs auf einen rührenden Gedanken gekommen; extra für mich nahm sie einen Taschenkalender an sich, der Yvonne gehört hatte. Jeden Abend hatte sie darin unsere Begegnungen mit einem blauen Punkt verzeichnet. Ich war zu Tränen gerührt, als ich sah, daß mein Fernbleiben, das fünf Tage gedauert hatte, mit dicken, tiefschwarzen Kreuzen registriert war. Ekstatisch küßte ich das kostbare Büchlein ... Anschließend vernahm ich Loblieder auf meine Angebetete, sie war sanft gewesen, hatte ein wenig in sich zurückgezogen gelebt, war sehr musikalisch und wunderbar feinfühlig ...

Peluque, der das Dienstmädchen inzwischen um die Taille gefaßt hatte, sagte mir immerfort:

»Ach was, du findest sie bestimmt wieder ... Ich bin verblüfft, daß sie nicht Ferret heißt. Ich muß wohl einen Moment versagt haben ... Mir unerklärlich ... Bergouin ... Das ist nicht ihr Name ... Ferret paßte haargenau zu ihr ...«

Das Dienstmädchen sagte: »Herr Ferret wohnt im ersten Stock. Er ist sehr reich. Er hat ein großes Kanalreinigungsunternehmen.«

»Ach ...«, wiederholte ich nur, »wie kann ich sie wiederfinden? An wen soll ich mich wenden?«

»Mach dir nicht unnötigen Kummer«, sprach der Philosoph. »Die Polizei fahndet nach ihrem Vater. Du mußt wissen, für solche Aufgaben bringt die Polizei eine

Menge Geschicklichkeit mit, allen Spöttern zum Trotz... Wenn die Kriminalpolizei sie nicht findet, dann schaffen auch wir beide es nicht.«

Diese Überlegungen leuchteten mir ein. Aber ich erschauerte bei dem Gedanken, das geliebte holde Wesen könnte mir eines Tages, mit Schande bedeckt, von Gendarmen zugeführt werden...

»Und im übrigen«, fuhr er fort, »selbst wenn die Polizei sie nicht aufspüren sollte, so glaube ich doch, daß du von ihr hören wirst. Sie wird dir ganz bestimmt schreiben.«

»Sie weiß unsere Adresse nicht.«

»Dazu gibt es Adreßbücher.«

Eine Sekunde lang durchfuhr mich Freude, aber sogleich folgte wieder Verzweiflung.

»Sie wird es nicht wagen, mir zu schreiben. Sie wird mich nie wiedersehen wollen...«

»Ach Unsinn!... Die Liebe ist ein äußerst mächtiges Gefühl, sie überwindet sämtliche Barrieren des Stolzes... Sie wird dir schreiben, Jacques...«

Während wir nun wieder die Rue Saint-Savournin hinaufschritten, erstarb allmählich unser Gespräch. Die unmittelbare Nachbarschaft eines leidenschaftlich Verliebten und lyrisch Verzweifelten, wie ich ihn darstellte, wirkte sich aus auf die junge Frau. Sie war sichtlich verwirrt, und daß Peluque sie zunehmend fester umschlang, tat ein übriges; es wurde immer wahrscheinlicher, daß der Philosoph die Situation auszunützen gedachte.

Ein dumpfer Schmerz lastete auf mir. Sollte ich sie

tatsächlich so schnell wieder verlieren? ... Sollte uns und unseren Küssen nur ein einziger Abend vergönnt gewesen sein?!... Der Kuß, den ich ihr am Gittertor gegeben hatte, wäre der letzte gewesen? Ich ging wie in wattigem Nebel, ich spürte lächerliche Zuckungen um meine Mundwinkel.

Wie wir vor meiner Tür ankamen, trafen wir auf Grasset; die Hände in den Hosentaschen stand er da und wartete auf uns. Nach seiner Gewohnheit summte er eine düstere Opernarie; wie immer entstanden Text und Melodie im Augenblick, wo die Kehle sie hervorbrachte. Ich richtete kein einziges Wort an ihn. Als ich aber meine Schlüssel aus der Tasche zog, stürzte er vor und hob zwei Flaschen hoch, die er auf der Außentreppe rechts in der Ecke abgestellt hatte. Mit einer ganz und gar unnatürlichen Stimme sagte er: »Ja nicht kaputtmachen...«

Dann fügte er hinzu, an Peluque gewandt:

»Seit zwanzig Minuten warte ich auf euch. Aber jetzt wird's lustig.«

Ich schloß die Tür auf, dann wandte ich mich dem Grüppchen zu:

»Meine lieben Freunde«, hob ich an, »mir ist nicht nach Lachen zumute. Alles, was ich möchte, wäre eine vertrauliche Unterhaltung mit dem Fräulein hier. Ich nehme an, sie hat genügend Vertrauen, um allein mit mir hinaufzugehen; ich bringe sie dann zu ihrem Hotel zurück. Was euch betrifft, wenn ihr nett sein wollt, dann geht ihr jetzt nach Hause. Grasset, dir wird Peluque das Nötige erzählen...«

»Hier bei dir erzähle ich ihm das Nötige«, versetzte munter der Philosoph. »Auf deinem Diwan und unter Zuhilfenahme dieser Flaschen werden wir miteinander plaudern. Heute abend brauchst du uns. Klar umrissen ist die Pflicht, die uns die Freundschaft vorschreibt. Wir wissen, was wir zu tun haben.«

Er schob mich beiseite und ließ der jungen Frau den Vortritt. Der Dichter folgte, unter jedem Arm eine Flasche.

Einen Moment lang war ich verzweifelt, dann ergab ich mich in mein Schicksal: eines war wenigstens sicher, wir würden von *ihr* reden...

Oben in der Wohnung stellte Grasset seine Flaschen auf das Kaminsims und ließ sich schwer in einen Sessel fallen. Das Dienstmädchen saß bereits auf dem Rand des Diwans und nahm ihren Hut ab.

Peluque unternahm es, einen von Grassets Flakons zu entkorken.

Er enthielt Pfefferminzlikör. Ich setzte mich an meinen Schreibtisch und sah todtraurig auf den kleinen Kalender in meiner Hand. Der Dichter zeigte auf die junge Frau:

»Panier«, sprach er zu mir laut und unmißverständlich, »wo habt ihr denn dieses Perlhuhn aufgegabelt?«

Glücklicherweise bekam sie nicht mit, daß von ihr die Rede war, sie war zu sehr damit beschäftigt, ihr Bild in einem Taschenspiegel zu überprüfen.

»Panier«, fuhr er geheimnisvoll fort, »in deinem Hause ist jemand, der dir schlecht gesonnen ist.«

Ich gab keine Antwort.
»Wäre ich an deiner Stelle, ich würde morgen ausziehen; damit du voll auf die Schnauze fällst, hat irgend jemand das Treppengeländer auf die andere Seite versetzt.«
Diese höchst erstaunliche Erklärung wurde von einem höhnischen Lachen untermalt.
Peluque wandte sich zu Grasset und packte ihn an den Schultern. Er starrte ihn einige Sekunden lang an, dann brach er in Lachen aus und rief:
»Er ist vollkommen betrunken...«
Der Dichter schaute zuerst ziemlich indigniert; dann entspannten sich seine Züge, und er sagte gutmütig:
»Lemeunier ist schuld...«
Nach einer Pause fügte er hinzu:
»Ich weiß nicht mehr so recht, was ich sage, aber ich weiß, was man mir sagt. Erzähl' mir die Geschichte.«
»Welche Geschichte?« versetzte Peluque.
»Paniers Geschichte. Was soll das, uns so einfach vor die Tür zu setzen? Was soll dieses voller Verachtung gesprochene ›Laßt mich allein‹? Und warum wird das Mädchen mit den dunklen Augen Knall auf Fall durch dieses helläugige Perlhuhn ersetzt?«
Peluque begann zunächst damit, daß er uns allen ein Gläschen Pfefferminzlikör eingoß, und dann, während er neben der Dienstjungfer saß und ihr zerstreut die Hand streichelte, erzählte er dem Dichter von meinem Glück, und danach von meinem Unglück.
Als er geendet hatte, sprach Grasset:

»Sieh an, so entsprang also das geheimnisvolle Mädchen dem ehernen Schenkel eines Einbrechers ... Wahrhaftig eine gute Partie, die junge Dame ... Jacques, du hättest die Buchhändlerkarriere sausen lassen können; dein Schwiegervater hätte dich erst einmal eingeweiht und dich dann mit Sicherheit zum Nachfolger in seinem ›Unternehmen‹ gemacht ... O täppische Polizei, im falschen Moment ist sie gekommen und hat dich um diese Traumanstellung gebracht ...«

Meine Antwort fiel entsprechend heftig aus; Peluque schaltete sich begütigend ein und zwang uns, rasch hintereinander zwei Gläser Curaçao zu leeren.

Ich plauderte weiter mit dem Dienstmädchen, stellte ihr tausend Fragen: aber die Anwesenheit von Grasset, der mephistophelisch lächelte und einen Schluckauf bekämpfte, war doch ein störendes Element. Zum andern war die junge Frau mit ihren Antworten nicht so recht bei der Sache, da Peluque sie mit zärtlichen Kniffen in Nacken und Arme traktierte.

Gegen Mitternacht wurde es mir zu bunt, ich schlug vor, die Gläser zum Abschied zu füllen: es wurden deren zwei, erst Pfefferminz, dann Curaçao; aber immerhin hatte ich die Freude, festzustellen, daß sie sich fertigmachten.

Genau in diesem Augenblick vernahmen wir aus dem Treppenhaus eine dröhnende Stimme, die nach Licht verlangte. Peluque drehte den Schalter, und wenige Sekunden später stand Lemeunier im Zimmer.

Er schleppte ein kreisrundes Billardtischchen von gut

und gern vier Fuß Durchmesser. Wortlos stellte er dieses Gerät auf meinem Arbeitstisch ab und eilte hastig wieder die Treppe hinunter. Nach fünf Minuten war er wieder da, in den Händen zwei geschlossene Körbe und eine grüne Schachtel.

Er stellte die beiden Körbe in eine Zimmerecke und erklärte: »Die heben wir uns für den Schluß auf.«

Dann öffnete er die Schachtel und entnahm ihr mehrere mit einem vernickelten Rohr versehene Klistierspritzen aus rotem Gummi.

»Lemeunier«, sagte Grasset, »Peluque erzählt dir jetzt Jacques Paniers traurige Geschichte.«

»Bloß keine Geschichten«, war Lemeuniers Kommentar (er wandte sich dem Dienstmädchen zu und verneigte sich). »Seid gegrüßt, Prinzessin. Keinerlei Geschichten irgendwelcher Art. Erzählen ist vollkommen sinnlos, ich höre nicht zu. Jetzt wird Billard gespielt.«

Er plazierte uns um den Tisch herum, und ich brachte nicht die Kraft auf, zu protestieren, um so weniger, als leichte alkoholische Nebel meinen dumpfen Schmerz umhüllten.

Er gab jedem von uns eine der Gummispritzen, dann zog er eine kleine Korkkugel aus der Tasche und legte sie genau in die Mitte der Spielfläche.

»Es geht darum«, sagte er, »daß man mit Hilfe der Gummispritze diese Kugel anpustet. Es gilt, die Kugel in die nächstgelegenen Löcher zu treiben, und zu verhindern, daß sie in das eigene Loch direkt vor jedem Spieler fällt. Jedesmal, wenn sie in einem der Löcher verschwindet, verliert der Lochhalter einen Punkt; jedesmal, wenn man einen Punkt verliert, heben die andern ihr Glas. Auf los geht's los!«

Das Spiel war amüsant; wir brachten es auf eine Menge Durchgänge, und der Pegel der Curaçao-Flasche sank sehr schnell. Gegen zwei Uhr morgens verkündete Lemeunier:

»Zwischenspiel. *Circenses.*«

Mit diesem Wort ergriff er die beiden Körbe. Nach umständlichen Bemühungen schaffte er es, den ersten aufzumachen: heraus zog er eine beeindruckend große schwarze Katze. Peluque lüftete den Deckel des zweiten: er enthielt eine graue Katze, die sich regungslos am Boden duckte. Lemeunier schmiß die schwarze zur grauen Katze hinein und klappte unverzüglich den Deckel zu. Dann packte er den Korb mit beiden Händen und fing an, ihn heftig zu rütteln.

Bald bewegte er ihn stark hin und her nach Art eines Oberkellners, der verpatzte Mayonnaise in einer Karaffe schüttelt, bald wirbelte er ihn am ausgestreckten Arm herum, dann wieder rumpelte er ihn ziemlich roh gegen Möbel und Wände. Zum Schluß warf er ihn aufs Parkett. Grauenhaftes Jaulen entwich dem Behälter aus Weidenrohr; von wütenden Rucken belebt rollte er über die eigene Kante, wechselte sprunghaft die Richtung. Nach einigen Minuten kam er wieder zum Stillstand, und schließlich verstummte das Miauen.

»Sie ruhn sich aus«, sagte Lemeunier. »Zweite Runde Billard.«

Ich könnte nicht exakt belegen, was anschließend geschah. Ich hatte eine große Anzahl kleiner Gläser geleert, und schuld daran war das Dienstmädchen.
Die unsichtbaren Manöver des Philosophen setzten ihr anscheinend zu, denn sie sammelte in atemberaubendem Tempo Minuspunkte; getreu der Spielregel nötigte Lemeunier die anderen Spieler, jedesmal ein Gläschen Likör hinunterzukippen... Langsam überkam mich ein schläfrig-abgestumpftes Gefühl... Vor meinen Augen erschien das Gesicht des Mädchens, es trug einen Ausdruck von Vorwurf und Traurigkeit... Wenig später schlief ich ein, kurz nachdem ich den Inhalt eines Likörglases ins Gesicht bekommen hatte.
Schlimme Visionen, untermischt mit idyllischen Träumen, suchten mich während des Schlafes heim. Von Anfang bis Ende durchlebte ich noch einmal die verklärte Nacht auf dem Aussichtsplateau über dem Zoologischen Garten. Dann vermischte sich die Katzenschlacht im Korb mit der der Löwen; ganz von selbst rollte der Eisenkäfig mit seinen grauen Stäben den Boulevard entlang: die Löwen darin zerfetzten sich unter abscheulichem Miauen, während das Mädchen mich anflehte, den Käfig doch zu öffnen, und mir zu diesem Zweck ein Brecheisen reichte... Aber ich weigerte mich, dieses Gerät anzufassen, und sie benetzte es mit schweren Tränen.
Als ich aufwachte, war mein Erstaunen groß. Ich lag hingegossen in einem Lehnstuhl, und auf dem Kopf trug ich einen Damenstrohhut. Auf meinem Gesicht trock-

nete eine widerliche Mischung aus Curaçao, Tränen und Pfefferminzlikör. Am Boden sitzend und mit dem Rükken gegen mein Bett gelehnt, schlief Grasset, die Hände in den Taschen seines Jacketts. Auf dem Bett wahrten Peluque und das Dienstmädchen in ihrem Schlaf eine nicht eben züchtige Haltung. Unter meinem Arm schnarchte mühsam Lemeunier, das Gesicht am Boden; im schönen Licht eines Sonnenstrahls und unter wütendem Keuchen tanzte ein großer gelblicher Korb grotesk durch den Raum...

Fortsetzung und Ende von Louis-Irénée Peluques Bericht

Ich schmeichle mir, meinem Freund Jacques in jener merkwürdigen Nacht, deren Bericht man soeben gelesen hat, einen Anfall schwärzester Verzweiflung erspart zu haben.

Der alkoholische Rauschzustand ist zuweilen ein sehr wirksames Mittel gegen Seelenkummer; er vermag den Ausbruch des Schmerzes hinauszuzögern; und wenn man ihn hinauszögert, schwächt man seine Gewalt.

Während der beiden folgenden Tage – es waren jammervolle Tage – wich ich ihm nicht von der Seite. Wir sprachen ausschließlich von dem Mädchen, von den Einbrechern, von der Polizei und von seinen Aussichten, einen Brief zu erhalten. Das Dienstmädchen (sie bekam in meinem Katalog die Nummer 87, Serie N.J. zugeordnet) erschien noch einmal am übernächsten Tag und erzählte weiter aus dem Leben der Angebeteten; und am dritten Tag kam ein Brief.

Es stand nicht viel darin, und dies wenige war in bewegend einfache Worte gefaßt.

»Jacques, ich schwöre es Ihnen, ich hatte nicht die geringste Ahnung; hätte ich von dieser Sache gewußt, ich hätte nie gewagt, Sie anzuschauen.
Suchen Sie mich nicht. Verbrennen Sie diesen Brief. Ich werde Sie immer lieben, aber ich werde Sie nie wiedersehn.«
Der Poststempel zeigte Paris als Absendeort.
Das Papier war schon ganz weich, so oft hatte Jacques es an seine Lippen gepreßt, und nun stürzte er sich auf seinen ledernen Reisekoffer.
»Ich werde sie wiederfinden, Irénée, ich bin sicher, ich finde sie wieder...«
»Wohin fährst du?«
»Nach Paris.«
»Paris ist groß.«
»Ich nehme wieder Kontakt auf mit meinem Verlag, und ich bleibe, solange es notwendig sein wird. Ich werde die ganze Stadt durchsuchen... Ich weiß, daß mein guter Stern...«
»Nur die Heiligen Drei Könige erleben Begegnungen, weil ein Stern sich helfend einschaltet. Ich fürchte, ich fürchte, du siehst sie nie wieder...«
Aber er war voller Illusionen, wildentschlossen... So half ich ihm denn, meine Pfeife rauchend, in dem Koffer eine große Menge Leibwäsche und andere Kleidungsstücke zu verstauen.
Um sieben Uhr verließen wir zusammen das Haus; er ging zu seinen Eltern, um mit ihnen zu Abend zu essen; zuvor nahm er einen kleinen Umweg über die Plaine

und sicherte sich die Dienste von Denis, dem Kofferträger.
An der Tür des väterlichen Hauses verabschiedete ich mich; er strahlte Selbstsicherheit aus, seine Augen glänzten.
»Ich bin um acht am Bahnhof«, sagte ich. »Da können wir noch einen Moment lang plaudern.«
»Bis gleich.«
Auf meinem Nachhauseweg traf ich in der Rue Ferrari den Dichter Grasset; er wandelte auf den Spuren einer wenig ansprechenden Maid.
»Das Mädchen hat einen Brief geschrieben«, sagte ich zu ihm. »Sie sagt nicht, wo sie sich aufhält, aber der Brief kommt aus Paris. Jacques fährt heute abend mit dem Zug um acht Uhr fünfzig.«
Er lachte und sagte: »Warum auch nicht, um so besser ... Ich werde am Bahnhof sein.«

Alle drei trafen wir fast im gleichen Augenblick dort ein. Jacques voller Vertrauen in sein Unternehmen, ich eher skeptisch, Grasset spöttisch vor sich hin summend.
Wir gingen auf den Bahnsteig. Es war kaum zehn nach acht. Auf einer Bank nahmen wir Platz zu einem letzten freundschaftlichen Gespräch.
»Jacques«, sagte ich, »zieh doch mal die Bilanz dieses Abenteuers. Führe dir noch einmal seinen dramatischen Verlauf vor Augen und vergleiche ihn dann mit dem, was du immer wieder gesagt hast.«

Er schien kaum zuzuhören, aber ich ließ mich nicht beirren.

»Also erstens hast du mir verkündet, niemals würdest du jemanden lieben. O nein, das könnte dir nicht passieren, dazu seist du zu schlau…«

Grasset grinste nur.

»Du behauptest – mit Recht –, ein Verliebter werde von Mutter Natur hereingelegt; sie bediene sich seiner zu Zwecken, die er nicht vermutet; und du fügtest hinzu – mit noch mehr Recht –, ein Verliebter sei lächerlich, weil er sich der Rolle, die er spielt, nicht bewußt wird… Du pflegtest sogar zu sagen, jeder einzelne von ihnen bilde sich ein, niemand vor ihm habe je so grandios geliebt, und er selbst habe soeben die Liebe erfunden… Lauter überzeugend dargelegte Thesen…

Nun, eines Tages begegnetest du der reizenden Yvonne; und vom ersten Moment an liebtest du sie, liebtest sie schwärmerisch und platonisch… An Mut, sie anzusprechen, gebrach es dir vollkommen, o du verliebter Schüchterling…«

Er sagte nichts, lächelte aber, offensichtlich doch peinlich berührt.

»Sodann erklärtest du uns ausführlich die merkwürdige Beschaffenheit jenes Gefühls, das dich zu ihr hintreiben wollte.

Erst mußten die Pythagoräer herhalten – sogar den Konsul Bibulus zitiertest du aus dem alten Rom herbei…«

Grasset lachte laut und herzlich.

»Dann kam Lemeunier und erzählte dir zwischen zwei Benzinkutschenfahrten die Fabel vom lockigen jungen Mann. Worauf du anzuerkennen bereit warst, daß jenes Gefühl bis zu einem gewissen Grad auch etwas Menschliches, weniger Metapsychisches an sich habe; jedoch empfandest du weiterhin das Bedürfnis, die Fixsterne, die Planeten, die Lyrik von Laforgue und was weiß ich noch für astronomisch-literarische Ingredienzen hineinzumengen. Schließlich nahm ich dich und führte dich zu einem Stelldichein, einem von mir allein ausgetüftelten und wohlinszenierten Stelldichein: und siehe da, Bibulus, Pythagoras, die Planeten und Laforgue sind zu gar nichts mehr nütze. Auf einmal äußerte sich jenes überirdische, reine, fremdartige Gefühl in den Gesten banalsten, gewöhnlichsten Verknalltseins...
Jacques, du hast sie ganz einfach geliebt, was soll's: so hat Catull seine Lesbia geliebt, so Musset seine George Sand, so liebt der Krämer von gegenüber seine Krämersfrau: der Befehl ist immer der gleiche und die Durchführung erst recht. Und wie alle andern wurdest auch du hereingelegt...«
Grasset rief aus:
»Es gibt nur eines, was noch lächerlicher ist als ein Verliebter, und das ist ein Philosoph; und dann gibt es etwas noch Possierlicheres als einen Philosophen, nämlich einen verliebten Philosophen.«
Ich hob erneut an:
»Allerdings ist dein Fall doch etwas anders als der des Krämers von nebenan: denn nicht genug, daß die Liebe

dich lächerlich machte, in komischem Wahn meinst du, dem allgemeinen Gesetz zu entrinnen. Ist dir das wenigstens bewußt?«

»Zum Teufel mit den Theorien!« sagte er und zuckte mit den Schultern. »Ich will sie wiedersehn, und ich werde sie wiedersehn.«

»Aber wann?« fragte Grasset nicht ohne Ironie.

»Morgen, in einem Monat, in einem Jahr. Ich weiß, daß ich sie wiederfinden werde. Eine Liebe wie die unsere kennt keinen Zeitbegriff. Sie ist einfach, sie ist stark, sie trotzt den Monaten und den Jahren...«

»Aber wenn du sie wiederfindest, und sie ist verheiratet?«

»Das ist ausgeschlossen!« heulte er auf. »Und dann noch eins, egal wo, zu welcher Stunde und unter welchen Umständen, ich weiß einfach, für mich wird sie wieder das Mädchen mit den dunklen Augen werden, das Mädchen, das ich in einer lauen, stillen Juninacht an mein Herz gepreßt hielt; und es mag ruhig später, viel später, nach Jahren meinetwegen sein, das Alter mag uns in den Augen der andern verändert haben, für uns selbst, in unseren eigenen Augen werden wir dieselben geblieben sein; und sie wird mich mit um so tieferer Rührung, mit um so innigerer, wenngleich verhaltener Zärtlichkeit empfangen... denn zärtlich und sanft bringe ich ihr in schützend gewölbten Händen – und laß es ruhig welke Hände sein – wie einen verletzten Vogel ihre dereinst entflogene Jugend, die strahlend helle, zurück...«

In Begleitung eines schönen, rindsledernen Koffers fuhr Jacques um acht Uhr fünfzig ab in Richtung Paris.
Lange schwenkten wir zum Abschied unsere Taschentücher. Grasset machte mich darauf aufmerksam, daß dieser unheilvolle Brauch vermutlich die Ursache für den chronischen Schnupfen der Bahnhofsvorsteher ist; denn im Augenblick, wo sie ihren Brustkasten mit Luft aufblasen (Vorbereitung auf den entscheidenden Pfiff), saugen sie sämtliche unter dem riesigen Dach umherschwirrenden Bazillen ein.
Auf dem Heimweg vom Bahnhof verfielen wir in ein angeregtes und freundschaftliches Geplauder.
»Die Komödie ist soeben zu Ende gegangen, wie sie eigentlich hätte anfangen sollen«, sprach der Dichter. »Jacques ist gerettet. Er wird die empfindsame Tochter des flüchtigen Gauners vergessen. In drei Monaten sehen wir ihn wieder, lächelnd und vollkommen geheilt.«
Sein kurzer Schatten tanzte vor ihm auf dem Trottoir; er hob den Kopf und betrachtete einen Moment den sternbesäten Himmel, dann sagte er mit seiner so ruhigen Stimme:
»Und außerdem ist das alles ohne jede Bedeutung. Liebesfreud? Liebesleid? Ist der Unterschied wirklich so groß? Jacques hat den Verstand verloren, du, du hast nie welchen besessen, und meiner ist getrübt durch ein Magenleiden. Wären wir glücklicher, wenn wir glücklich wären? Was kann das den Sternen anhaben? Schau, wie sie funkeln ... Genauso werden sie funkeln am Abend

unseres Todes... Und das Dahinscheiden des Louis-Irénée Peluque wird den Mond nicht im geringsten hindern, Himmel und Erde mit seinem schwachsinnigen Lächeln zu entehren. Ach weißt du... All das ist sehr kompliziert, sehr kompliziert...«

Wir gingen in ein nahegelegenes Lokal und spielten Schach; und nachdem ich die Unvorsichtigkeit begangen hatte, ihm einen Turm zu überlassen, dauerte es kaum eineinhalb Stunden, und ich war schachmatt gesetzt; während dieser Zeit fuhr Jacques Panier durch die Nacht, seiner verlorenen Liebe nach: Ich habe die traurige Pflicht, Ihnen mitzuteilen, daß er sie niemals wiedergefunden hat.

Neun Jahre später habe ich das Mädchen mit den dunklen Augen wiedergesehen.

Es war ein Nachmittag im Juli ... Sie kam über den Cours du Chapitre und schob einen Kinderwagen mit einem pausbäckigen Säugling, der wie alle Säuglinge etwas von einem kleinen Tier an sich hatte.

Als ehrsame Mutter und Hausfrau trug sie ein graues Kostüm, das vermutlich die Schneiderin um die Ecke für sie gefertigt hatte.

Neben ihr ging ein Mann von ungefähr fünfunddreißig Jahren, klein, rundlich, versehen mit einem dichten schwarzen Schnurrbart: ich identifizierte ihn als Monsieur Fèque, seines Zeichens stellvertretender Dienststellenleiter in den Dockanlagen. An der Hand führte er ein dreijähriges daumenlutschendes Töchterlein.

Ich vermied es, in ihr Blickfeld zu geraten, aber ich folgte dem Paar, und lange betrachtete ich »das Mädchen«.

Ich bemerkte die fülligen Schultern, die rundlich gewordene Taille, den ein wenig plumpen, kleinbürgerlichen

Gang; traurig gewahrte ich den verfetteten Halsansatz und die stumpfen Hände.
Das Gesicht unter dem braunen Strohhut kam mir sehr verändert vor; die Nase zeigte auffälligere Konturen, schon deuteten sich um die Mundwinkel scharfe Linien an, und der leichte Schatten, der auf der Oberlippe ehemals kaum wahrnehmbare Flaum, war nicht mehr zu übersehen: noch fünf Jahre, und man würde von Bartwuchs sprechen müssen... Einzig den Augen war das wunderbare Schwarz geblieben; in ihrem Ausdruck jedoch war ruhige Selbstzufriedenheit... Armes liebes Mädchen... Friedlich ging sie im Sonnenlicht dahin: sie wußte nicht, daß sie schon tot war...
Häßlich? Nein, das nicht; für eine Frau, die auf die Dreißig zuging, war sie durchaus hübsch. Monsieur Fèque hatte gewiß recht, wenn er mit stolzgeschwellter Brust neben seinem Besitztum einherschritt; ich glaube, gut gekleidet hätte sie noch viele reiche Damen aus dem Großbürgertum, wie sie die Theaterlogen füllen, glatt ausgestochen.
Aber ich dachte träumerisch zurück an das schlanke und geschmeidige junge Mädchen... Ich sah sie wieder vor mir, dachte an den ranken, schwebend leichten und doch nicht zerbrechlichen Körper, an das feingeschnittene, liebesblasse Antlitz und die schönen, von feuchtem Mondglanz erfüllten Augen damals in der Juninacht...
Nie hatte ich für sie etwas anderes empfunden als eine sehr reine Freundschaft: und doch erfüllte mich jetzt brennender Schmerz.

Als ich noch ein Kind war, sah ich in den Leuten um mich herum Menschen, die immer genauso, oder fast genauso, gewesen waren wie die, als die ich sie erlebte. So war meine Mutter eben meine Mutter, mit den glatt zurückgekämmten dunklen, da und dort silbrig durchwirkten Haaren, mit den wenigen Fältchen; eine Frau von dreißig Jahren war eine Frau von dreißig Jahren, wie ein Tisch ein Tisch ist, ein Tintenfaß ein Tintenfaß. Noch wußte ich nicht, was Dauer ist und was Vergänglichkeit...
Inzwischen hatte mir die Erfahrung diese Begriffe nahegebracht; aber es ist noch ein großer Schritt vom Schauen zum Sehen... An diesem Tag endlich sah ich. Mit schmerzhafter Deutlichkeit und Einfachheit sah ich plötzlich, daß eine dreißigjährige Frau und ein junges Mädchen dasselbe sind; zwischen ihnen liegen ein paar unbedeutende zeitliche Daten... Dann werden aus den schwarzen, zurückgekämmten Haaren graue Haare, bald sind sie dann ganz weiß... Schließlich wird eine alte Dame das Diesseits verlassen. Und das strahlend junge Mädchen wird tot sein, und man hat keine Zeit gehabt, es zu lieben...
Altwerden... Sterben... wie dumm, wie grausam, wie sinnlos...

Jacques gegenüber sprach ich nie von dieser Begegnung. Wozu auch?
Vorgestern abend jedoch weilte ich bei ihm, und mit uns war auch Grasset, der jetzt eine der wichtigsten französi-

schen Zeitschriften herausgibt. Erst knabberten wir zartes Gebäck, dann tranken wir wohlzubereiteten Tee. Eine Weile plauderten wir von unseren beruflichen Unternehmungen: vielen meiner Leser ist bekannt, daß Jacques Panier heute einen unserer führenden Kunstverlage leitet. Wir durchblätterten das erste Exemplar einer großartigen, bibliophilen Baudelaire-Ausgabe. Danach las ich ihm das voranstehende Kapitel vor, es sollte den betreffenden Abschnitt seiner Memoiren ergänzen und abschließen. Er hörte mir mit großem Vergnügen zu, auch ein wenig Rührung kam auf bei so vielen Erinnerungen. Dann ließ sich Grasset aus der Tiefe eines mit schwarzen Kissen bestückten Sofas vernehmen:

»Es geht nicht gut aus. Oder vielmehr, es geht überhaupt nicht aus.«

»In der Tat«, sagte Jacques. »Der Leser wird darin nur eine von der Polizei unterbrochene Liebesgeschichte sehen.«

»Es ist doch schade, daß du diese Yvonne nicht wiedergesehen hast«, fing der Dichter noch einmal an. »Man wüßte doch zu gerne, was aus ihr geworden ist... Sie muß im Ausland sein... Sonst hätte die Polizei doch ihren Vater gefunden...«

Es entstand ein Schweigen.

»Wir könnten ja ein Schlußkapitel erfinden«, fuhr der Dichter fort.

»O nein, das kommt nicht in Frage«, sagte Jacques knapp. »Meine Memoiren sind Memoiren. Sie werden nichts enthalten, was nicht stimmt.«

Mein kleines Geheimnis lastete auf mir. Der Augenblick schien mir günstig, den Winkel meines Herzens zu lüften, wo ich es hütete und wo sanfter Modergeruch sich einzunisten begann.
Draußen sank der Abend herab; durch das offene Fenster hörte ich von irgendwo aus einem Garten leises Froschgequake. Zu meiner Linken saß Grasset hingegossen in sein Sofa. Jacques saß mir gegenüber, im dämmrigen Gegenlicht konnte ich sein Gesicht nicht mehr erkennen; seine Finger spielten mit einem Brieföffner aus dünnem Elfenbein.
Ich zögerte ein wenig; manchmal hatte er zu mir mit großer Traurigkeit von dem Mädchen gesprochen; aber ich wußte, daß er in diesen neun verflossenen Jahren ein hübsches halbes Dutzend Liebesverhältnisse hinter sich gebracht hatte; ich entschloß mich.
»Jacques, ich habe das Mädchen mit den dunklen Augen wiedergesehen.«
Er zuckte zusammen und blickte mich an.
»Halt den Mund, Schwachkopf!« sagte Grasset.
»Wo hast du sie gesehen? Wann?« rief Jacques.
»Vor langer Zeit«, sagte ich, erschrocken über seine heftige Reaktion.
»Wieso hast du mir nichts gesagt? Irénée, ich habe sie doch so sehr gesucht... Wo war es denn? Wann?«
»Hier in dieser Stadt... Sie war auf dem Weg in die Kolonien...«
Er verschränkte krampfhaft die Finger.
»Aber wohin denn, wo fuhr sie hin? Rede doch, was

wartest du... War sie... allein? Aber weißt du denn nicht, daß, wenn ich durch die Straßen unserer Begegnungen komme, mein Herz schlägt wie damals? Weißt du nicht, daß die Erinnerung an sie mich niemals losgelassen hat? Immer noch ist mir, als müßte ich demnächst in der Ferne, unter den Platanen, ihr schwarzes Hutband erblicken... Sie wiedersehen ..., ach, sie wiedersehn!...«

Grasset machte mir die vielfältigsten Grimassen und zischte mich an:

»Schwachkopf!... Geschwätziger Trottel!... Schlimmer als eine Marktfrau.«

Ich würdigte ihn keiner Antwort und wandte mich zu Jacques. »Mein Freund, seinerzeit habe ich dir nichts verraten, und ich bin der Ansicht, daß ich dir gegenüber richtig gehandelt habe... Erinnerst du dich, welches Bild du mir von ihr gezeichnet hast damals, als wir sie zum ersten Mal trafen? Du erklärtest sie für durch und durch bürgerlich, für egoistisch und idealistischer Gedanken unfähig, ich war es damals, der sie in Schutz nahm; ich hatte unrecht, und du hattest recht. Sie war all das, – wie die erdrückende Mehrheit der jungen Mädchen. Aber wie in allen anderen war auch in ihr etwas von Romeos Julia. Und diese Julia in ihrer reinsten, unverdorbenen Schönheit hast du gekannt, sie war jung, so jung, auf so scheußlich vergängliche Weise jung... Du hast von ihr alles bekommen, was zu geben sie imstande war, alles und noch mehr dazu; und die ganze Schönheit, die in ihr war, die ganze Schönheit, die in dir war und in deren Glorienschein du sie tauchtest, sie weben nun an dieser bewegenden und wunderbaren Erinnerung... Jacques, sie ist eine ganz andre jetzt...«

Er war sehr ernst geworden.

»Ist sie häßlich?« fragte er sanft.

»Nein! Sie ist eine sehr gut aussehende junge Frau... Sie ist verheiratet, Jacques, mit einem hochanständigen Biedermann...«

Der Brieföffner aus Elfenbein zerbrach mit trockenem Knacken.

»Sie ist Mutter von zwei Kindern...«

Er fuhr hoch.

»Meinst du am Ende, sie hätte jene Nacht vergessen?« sagte er mit gepreßter, bebender Stimme. »Spürst du nicht, daß meine bloße Gegenwart in ihr Gefühle... geweckt hätte...«

»Die, die sie einst war, hätte niemals vergessen... Aber die ist sie nicht mehr, Jacques... Und sollte die Erinnerung noch in ihrem Gedächtnis sein, so versteht sie sie nicht mehr, weiß nichts mehr vom unvergleichlichen Wert solchen Andenkens... Sie ist mir sehr selbstzufrieden vorgekommen... Ach, und selbst wenn sie alles verlassen würde, um dir zu folgen, glaubst du wirklich, jene göttliche Nacht kehrte dir zurück? Wo ist deine Jugend hin? Jacques, Jacques, die Sekunden, die die Uhr heruntertickt, sind tot, für immer und ewig tot... Dein Anblick würde in ihr nicht das junge Mädchen mit den dunklen Augen wiedererwecken: man weckt Menschen, die schlafen, die Toten weckt man nicht...«

Er bleibt reglos, mit gesenktem Kopf in dem großen Sessel sitzen; und plötzlich spreche ich ganz schlicht und sehr sanft zu ihm.

»Jacques, sie ist nicht irgendwo in den Kolonien... Sie ist hier. Aber sieh dich vor... Willst du dir die schöne Erinnerung bewahren? Ich kenne ihren Namen, ich kenne ihre Adresse. Willst du sie wiedersehen?«

In die große Stille, die jetzt herrscht, fällt ein Stück von dem Brieföffner. Langsam, sehr langsam schüttelt er den Kopf.

Die Geheimnisse Gottes

Dies ist eine Geschichte, die mir mein Großvater vor mehr als fünfzig Jahren erzählte. Er hatte sie fünfzig Jahre zuvor als wandernder Handwerksgeselle irgendwo in Frankreich gehört. Die Herbergsmutter hatte sie eines Abends am Kamin erzählt. Sie selbst hatte sie von ihrer Großmutter gehört, die sie wiederum einem sehr alten Fräulein verdankte, dem sie in ihrer Jugend gedient hatte. Das sind recht viele Mittler, aber die Geschichte ist so einfach, daß sie eigentlich nicht verfälscht werden konnte, zumindest nicht im Kern.

Einige Jahre vor der Revolution gab es auf einer Anhöhe in der südlichen Bretagne ein sehr hübsches Schloß aus der Zeit Ludwigs XIII.; es lag am Ende einer Lindenallee inmitten eines Parks aus alten Eichen. Dieser Park war umringt von den Häusern eines kleinen Marktfleckens oder vielmehr eines großen Dorfes, das selbst von Feldern, Wiesen und einzelnen Gehöften umgeben war, an die sich ringsum öde Heidelandschaft anschloß.

Das nächste Städtchen war gut zwei Meilen entfernt, aber die erste Erzählerin hat sich stets geweigert, den Namen preiszugeben. Wir werden gleich erfahren, warum.
Im Schloß wohnte eine sehr reiche Gräfin, deren Mann ein tüchtiger Offizier gewesen war, bevor ihm die Blattern einen sang- und klanglosen Tod bereiteten; und dabei stand er in der Gunst des Königs und hatte eine glänzende Zukunft zu erwarten.
Die Frau Gräfin war eine stattliche, energische Frau, die mit Männerstimme sprach und besser als ihr Stallmeister ritt. Sie war denn auch selten ohne Reitpeitsche zu sehen, aber sie gebrauchte sie ausschließlich gegen ihre eigenen Stiefel. Da sie keine Kinder bekommen hatte, kümmerte sie sich mütterlich um die ihrer Pächter, und alle Welt verehrte sie.
Unter ihren Domestiken hatte sie zwei Kammerzofen, die sich wie Schwestern liebten.
Nathalie war nicht sonderlich hübsch, dafür aber frisch und ein bißchen drall, während Louison, eine Brünette mit grünen Augen, ein Bild der blühenden Jugend war.
Sie lebten glücklich und zufrieden nebeneinander, bis eines Morgens im April die Gräfin aus der Stadt einen neuen Gärtner mitbrachte, und der war jung und schön. Selbstverständlich verliebte er sich in Louison; sehr bald ging sie auf seine Avancen ein, und dann besuchte er sie jede Nacht in ihrer Kammer, eine mächtige Eiche nutzend, die einen ihrer langen Äste bis vor das Fenster der Schönen ausstreckte.

Natürlich stellte sie eines Tages fest, daß sie ein Kind erwartete.
Der Gärtner war von redlicher Gesinnung, und er liebte Louison sehr zärtlich. Also beschlossen sie, zu heiraten und die Frau Gräfin um Erlaubnis zu bitten, und zwar gleich am folgenden Sonntag nach der Messe.
Doch ausgerechnet an diesem Tag standen sie unter einem schlechten Stern. In der Nacht des Samstags, Tag des Saturn, als der junge Liebhaber seine Verlobte besuchen wollte, warf ihn ein vom Teufel geschickter Windstoß vom Ast, und unten wartete der Tod, der ihm vom ersten Tag an aufgelauert hatte, und fing ihn auf.
Das arme Kind war verzweifelt, sowohl über den Verlust ihres Liebsten als auch wegen der nahen Geburt eines vaterlosen Kindes. So etwas war damals ein nicht wiedergutzumachendes Unglück. Sie wußte, daß die Gräfin trotz ihrer Güte gezwungen sein würde, sie zu ihrer Familie zurückzuschicken; daß ihr Vater sie auf dem Dachboden oder im Keller verstecken würde und daß ihre Mutter vor Scham und Kummer sterben würde.
Da ihre Schwangerschaft erst zwei Monate alt war, riet ihr Nathalie, die Dorfhexe aufzusuchen, die bereits etliche unvorsichtige Mädchen von derlei Sorge befreit hatte. Die Alte gab Louison den Teufelstee zu trinken, der alle weiblichen Wesen zur Abtreibung bringt, und riet ihr, mehrmals täglich die Treppen im Galopp herunterzulaufen.
Das arme Kind trank jede Woche den bitteren Sud und galoppierte aufs grausamste morgens wie abends. Um

ihren Zustand zu verbergen, schnürte sie außerdem mit Nathalies Hilfe ihre Hüften gewaltsam in einen breiten Leinengürtel. Das einzige Ergebnis war, daß sie sehr schwach wurde; die Farbe wich aus ihrem jungen Gesicht, ihre Wangen wurden hohl, indessen ihre Ohren sich zu vergrößern schienen.

Gegen Ende ihrer Schwangerschaft konnte sie das Bett nicht mehr verlassen.

Zum Glück war die Gräfin für einige Tage zum Schloß des Chevalier des Ombrées gefahren; die Gattin des Chevalier war seit den Zeiten der Klosterschule ihre Freundin. Am Vorabend ihrer Rückkehr, mitten in der Nacht, schenkte die arme Louison einem kleinen Mädchen das Leben, schlief alsbald ein und starb. Indessen stellte Nathalie verzweifelt fest, daß das Kind mißgestaltet war: eine der Schultern ging bis zum Ohr hinauf, die Beine waren ungleich lang, und die zu kurzen Finger waren zu Krallen zurückgebogen.

Als die Gräfin eintraf, konnte man ihr dieses doppelte Unglück nicht verheimlichen.

Sie ließ die Peitsche heftig gegen ihre Stiefel knallen und schickte nach dem Dorfarzt, welcher ein noch junger, aber sehr gelehrter Mann war, denn er hatte in Paris studiert.

Was die unglückselige Mutter betraf, so erklärte er, daß nur noch eines zu tun sei: sie zu beerdigen. Danach untersuchte er sorgfältig das Kind und sagte:

»Das Herz ist zwar in Ordnung, aber zum Glück ist es unwahrscheinlich, daß dieses arme Wesen am Leben

bleibt. Falls es jedoch lebensfähig ist – und dies werden wir in zwei bis drei Tagen feststellen – können wir ihm einen einzigen guten Dienst erweisen: indem wir es zwischen zwei Kopfkissen ersticken.«
Aber die Gräfin antwortete zornig, dieser Gedanke sei ein Sakrileg; das kleine Wesen besitze eine von Gott selbst geschaffene Seele, und wenn es sein Wille sei, daß es lebe, dann habe niemand das Recht – auch nicht aus Barmherzigkeit –, diesem Willen entgegenzuwirken.
»Wollen Sie ihm also«, sagte der Arzt, »ein Märtyrerleben auferlegen? Sie müssen wissen, daß sich seine Mißbildungen nur verstärken können. Es wird voraussichtlich niemals gehen und auch seine Hände nur mit großer Mühe gebrauchen können; und sein Verstand ..., ich fürchte, er ist ebenso schlimm betroffen wie sein Leib.«
»Der Wille Gottes geschehe«, antwortete die Gräfin. »Er hat die Eltern wegen ihrer sündigen Liebe schwerstens bestraft, und wenn er mir nun dieses mißgestaltete Kind anvertraut, dann hat das sicher seinen Grund: Ich bin überzeugt, daß er mir die Gelegenheit geben wollte, meine Fehler und meine Sünden gutzumachen ... So will ich denn die Patin dieses Waisenkindes sein. Es wird wie ich Elisabeth heißen. Ich wünsche, daß Sie sogleich aufbrechen und sich nach der schönsten Amme des Landes umsehen; sagen Sie ihr, daß sie dreifachen Lohn bekommen, an meinem Tisch essen, von Nathalie bedient werden und sich zusammen mit mir das Paradies verdienen wird.«

Die kleine Babette starb nicht, und die großzügige Frau wachte über ihre Kindheit mit der Zärtlichkeit und der Geduld einer wahren Mutter.
Die arme Nathalie, die den verhängnisvollen Rat erteilt hatte, schwor vor dem Altar der Jungfrau Maria, dem kleinen verkrüppelten Mädchen ihr Leben aufzuopfern, und man wird sehen, daß sie ihr Versprechen bis zum Schluß auch hielt.
Auf Geheiß der Gräfin nahm der Arzt Wohnung im Schloß, aber seine ganze Kunst und seine Hingabe konnten die verschobenen Wirbel nicht zurechtbiegen und die steifen Gelenke nicht lockern. Wie der kundige Mann es traurig vorausgesagt hatte, konnte das Mädchen sich nur fortbewegen, indem es den ganzen Rumpf herumschwang, um ein Bein vorwärtszuschleudern und so einen ganz kleinen Schritt zu tun, denn die Knie schienen aneinandergewachsen zu sein, und mit den unfertigen Händen konnte es kaum seine Nahrung greifen. Und dennoch, als Babette fünfzehn Jahre alt wurde, war ihr Gesicht, das unverrückbar der rechten Schulter zugedreht war, von merkwürdiger Schönheit: große schwarze Augen unter dichtem, blondem Seidenhaar, ein sehr blasser Teint, Züge von vollkommener Ebenmäßigkeit, dazu noch die makellos schimmernden Zähne. Aber ihr Geist blieb wie ihr Körper verkrüppelt; die Sprache der Menschen lernte sie nie sprechen.
Sie war nicht etwa taub: im Gegenteil, sie hatte das Gehör der wilden Tiere; lange vor allen andern hörte sie, wie das Pferd der Gräfin von fern herangaloppierte,

und der Gesang der Vögel entzückte sie. Man bemerkte sehr bald, daß sie sie verstand und daß sie ihnen sogar antwortete, indem sie sie nachahmte.
Vor dem offenen Fenster sitzend sprach sie stundenlang zu den Finken und den Amseln im Park. Am Abend kam ein alter Rabe, der den Wipfel der fatalen Eiche bewohnte, herab ins niedrige Geäst, und sie führten Gespräche in vertraulichem Plauderton, manchmal auch in dem wortreicher Zankerei. Oft geschah es, daß sie auf eine Antwort des Vogels hin laut auflachte, während Nathalie sich eilends bekreuzigte und Beschwörungsformeln murmelte: weiß man doch, daß der Rabe der Vogel des Teufels ist und daß er nur mit den Hexen spricht. Außerdem gab es eine große schwarze Katze, die den ganzen Tag verschwunden blieb, aber jeden Abend neben ihr schlief. Seltsamerweise lag sie dabei auf dem Rücken wie ein Mensch, mit verschränkten Pfoten.
Schüchtern vertraute Nathalie ihre Ängste der Gräfin an; die lachte nur, sprach aber dennoch mit dem Pfarrer darüber. Seine Antwort lautete:
»Man braucht sie nur in der Kirche zu sehen. Sie begreift vielleicht kaum etwas, aber sie weiß. Wahrhaftig, ich sage Ihnen, daß sie Gott näher steht als wir.«

Sie war sechzehn, als dank dem Chevalier des Ombrées seltsame Nachrichten aus Paris ins Schloß gelangten. Ludwig XVI. hatte unvorsichtigerweise der Einberufung der Stände zugestimmt, um die Meinung seines gesamten Volkes zu hören, vor allem die Klagen der Armen, die seine Hauptsorge waren.

Monsieur des Ombrées war einer der Vertreter des Adels gewesen. Nun vermeldete er, daß die ganze Sache eine recht düstere Wendung nahm, obwohl die Aristokraten sich großzügig gezeigt und auf ihre Privilegien verzichtet hatten: das niedere Volk, aufgehetzt von den schlimmsten Kanaillen, hatte das königliche Gefängnis gestürmt und den Gouverneur ermordet, der die Schwäche gehabt hatte, ihnen die Tore zu öffnen. Der Chevalier war nur gekommen, um diese ernsten Nachrichten zu überbringen und zu seinen eigenen Bauern zu sprechen. Schon am folgenden Tag brach er wieder auf nach Paris.

Der kleine Ort lag so abgeschieden in der Heide, daß Meldungen vom Verlauf der Revolution immer erst mit großer Verspätung dort eintrafen, und sie waren derart befremdlich, daß die Gräfin sich weigerte, daran zu glauben, und sich hütete, sie ihren Bauern weiterzugeben, die übrigens keinerlei Lust verspürten, sich aufzulehnen.

Das Leben ging also weiter und war fast normal zu nennen, bis eines Tages der Chevalier des Ombrées wieder auftauchte, diesmal sehr stark abgemagert und mit weißem Haar.

Zwei Jahre hatte er in den Kerkern der Republik verbracht, bevor es ihm gelungen war, zu entfliehen. Er verkündete, der König sei festgenommen und verurteilt worden, und vor wenigen Tagen habe man ihn mit einer

Maschine geköpft. Zum Glück begann nun in den Provinzen der Aufstand. Königstreue Truppen sammelten sich in der Vendée.
Unter dem Kommando von Monsieur de Charette sollten sie demnächst auf Paris zumarschieren; also mußte man den jüngsten Bauern Waffen geben und selbst diesem Stelldichein Folge leisten.

Die Frau Gräfin ließ sofort ihren Notar kommen und sperrte sich einen ganzen Vormittag in ihrem Arbeitszimmer mit ihm ein, während die Waffensammlungen des Schlosses von den Wänden abgehängt wurden: die Musketen, die Pistolen, die Degen und die Säbel der Ahnen; danach strich sie dem ernsten Vorhaben entsprechend ihr schönes Haar zurück, legte eine Uniform ihres verstorbenen Mannes an und bestieg ihr bestes Pferd; sechs mit Lebensmitteln beladene Pferdekarren wurden bereitgestellt, mit zwei großen Pistolen in den Satteltaschen ritt sie an der Spitze von etwa zwanzig Männern los. Man sollte sie nie wiedersehen.

Die Gräfin hatte dem Arzt die Aufsicht über das Schloß, sowie den Schutz der Frauen, der Kinder und der Greise des Dorfes anvertraut. Er widmete sich dieser Aufgabe mit Leib und Seele, beruhigte immer wieder die verbliebenen Leute und organisierte eine gerechte Verteilung der Lebensmittel. Jede Woche ritt er auf einem sehr alten

Pferd, das schon seit Jahren keinen Reiter mehr getragen hatte, in die ferne Stadt, um mehr über die allgemeine Lage zu erfahren.

Eines Abends kam er mit recht trauriger Kunde zurück: Der Bürgerkrieg in der Vendée war beendet, die royalistische Armee niedergemetzelt. Einem Teil der Truppen war es jedoch gelungen, dem Massaker zu entkommen. Also blieb ihm eine schwache Hoffnung; er verbrachte Stunden auf der höchsten Terrasse des Schlosses und blickte forschend auf den Horizont rundherum ... Und so sah er denn eines Tages bei Sonnenuntergang eine Truppe auftauchen, ein Reiter voran; es folgten ein paar kümmerliche Wagen.

Schon wollte er hinuntersteigen und die große Neuigkeit verkünden, da kamen ihm plötzlich Zweifel: Die Kolonne schien ihm doch etwas lang ... Es war ein Bataillon »Blaue«, die jetzt im Ort einritten, die Muskete über der Schulter, revolutionäre Lieder singend.

Ihr Hauptmann erklärte, er sei von der Regierung der Republik beauftragt, die vaterländische Gesinnung der Bürger zu überprüfen und dem neuen Wahlspruch Geltung zu verschaffen: Freiheit, Gleichheit, Brüderlichkeit. Er nahm folglich im Schloß Quartier, zusammen mit einem Dutzend Unteroffizieren und einer Anzahl von Kranken und Verwundeten; diese bezeichnete er als Helden und Opfer ihrer Pflichterfüllung gegenüber der Republik und befahl, sie zu pflegen.

Der Arzt hielt diesen gefährlichen Dummkopf dadurch in Schach, daß er sich zum Haß auf den Adel bekannte: so

wurde ihm erlaubt, die kleine Behinderte in seiner Obhut zu behalten, ebenso die muntere Nathalie, die der Hauptmann vor mehreren aufeinanderfolgenden Vergewaltigungen rettete, indem er sie sich für den eigenen Gebrauch reservierte.
Während der Arzt die »Helden« gesundzupflegen versuchte, plünderten die anderen Republikaner das Dorf und drangsalierten die Mädchen. Innerhalb von vierzehn Tagen leerten sie sämtliche Keller und Kornspeicher, sämtliche Hühner- und Schafställe, und sie hängten auf dem großen Dorfplatz drei alte Bauern auf, die ihr Eigentum zu verteidigen die Frechheit gehabt hatten.
Das Dorf lebte also in Angst und Elend. Aber eines Abends begriff einer der Kranken, um den der Arzt sich vergeblich bemühte, daß er sterben würde.
Gerührt von Nathalies Selbstlosigkeit, gestand er ihr die Wahrheit: Die ganze Truppe bestand einzig aus Deserteuren und Wegelagerern, die schon mehrere Dörfer geplündert hatten und nichts mehr fürchteten, als auf Soldaten der Republik zu treffen.
Als der Arzt das erfuhr, rief er zwei zwölfjährige Bauernjungen herbei, zwei erfahrene Wilderer, und beauftragte sie, seinem Freund, dem Chirurgen aus dem Nachbarstädtchen, eine Botschaft zu überbringen. Den mutigen Kindern, die alle Schleichpfade kannten, gelang es, den Ort zu verlassen, ohne daß die Wachtposten sie bemerkten, und sie marschierten die ganze Nacht. So ist es zu erklären, daß am übernächsten Tag im Morgengrauen

das Dorf von einer starken Einheit der republikanischen Truppen umzingelt war.
Einige der Marodeure versuchten sich zu wehren: sie wurden auf der Stelle niedergemacht. Eine ganze Anzahl konnte flüchten, die anderen wurden innerhalb von wenigen Minuten abgeurteilt und an den Bäumen des Schloßparks aufgehängt. Schließlich wurde der Arzt, der sich eine rote Mütze aufgesetzt hatte und mit wahrer Hingabe die *Carmagnole* anstimmte, vom kommandierenden Offizier zum Kommissar der Republik ernannt; er erhielt Befehlsgewalt über den Ort, und die Truppen zogen sich unter den Segenssprüchen der letzten Einwohner zurück.
Daraufhin wurden die Erhängten von ihren Stricken abgeschnitten, zur großen Bestürzung der Raben; die alten Bauern holten aus den Verstecken die Lebensmittel, die sie den Plünderern hatten unterschlagen können, die Gemüsegärten wurden wieder bepflanzt, und das normale Leben ging weiter, wobei die vage Hoffnung anhielt, die Verschollenen würden doch noch wiederkommen.

Eines Morgens sah der Arzt in einem offenen Wagen den Notar der Gräfin anfahren. Die Nachrichten, die er mitbrachte, waren schaurig.
Die Gräfin war mit der Maschine geköpft worden, genau wie der König, und am selben Tag wie der Chevalier des Ombrées. So händigte er nun dem Arzt das Testament

aus, das sie ihm am Tag vor ihrem Aufbruch diktiert hatte.
Sie hinterließ Babette ihr ganzes Vermögen und übertrug dessen Verwaltung dem guten Doktor, welcher diese Aufgabe an Nathalie weiterzugeben hatte, sollte er diese traurige Welt vor ihr verlassen, was nach aller Logik anzunehmen war.
Die Liste ihrer Güter war sehr lang. Zunächst waren alle Höfe und Grundstücke sowie die Häuser in den benachbarten Städten aufgeführt.
»Damit rechnen Sie lieber nicht«, sagte der treue Notar. »Das Vermögen des Adels wird versteigert werden, und zwar zugunsten des Staates, dessen Kassen von den Halunken, die jetzt am Ruder sind, geplündert wurden. Es bleiben Ihnen jedoch fünftausend Golddukaten, die ich Ihnen hier in zwei Taschen mitbringe; ich habe gezittert, sie könnten mir unterwegs abhanden kommen...
Im übrigen habe ich einen Brief für Sie, dessen Inhalt ich nicht kenne, denn die Frau Gräfin hat ihn mir versiegelt gegeben und mir verboten, mich mit dem Inhalt vertraut zu machen. Sie können feststellen, daß ich mich an ihre letztwillige Verfügung peinlich genau gehalten habe.«
Er reichte dem Arzt einen großen Umschlag, auf dessen dickem Siegellackstempel das Wappen der Verstorbenen zu erkennen war.
Der Brief enthielt sehr genaue Anweisungen, betreffend den Unterhalt von Babette, ferner den Auftrag, sie in

einem Kloster unterzubringen, falls der Arzt und Nathalie vor ihr Abschied vom Leben nehmen müßten.

Der Brief enthielt auch – »falls ich nicht zurückkomme...« – rührende Abschiedsgrüße. Und schließlich enthüllte ein Postscriptum, daß der verstorbene Graf in den Pferdeställen, erste Ecke links neben dem Eingang, und sehr tief im Boden, zehntausend Silberdukaten vergraben hatte.

Nach einem guten Mittagsmahl fuhr der getreue Notar in seinem offenen Wagen wieder davon.

Am selben Tag noch stieg der Arzt, der die Versteigerung des Schlosses nicht abwarten wollte, in den Keller seines eigenen kleinen Hauses hinunter. Er grub ein tiefes Loch, und dahinein schleppte er mit Nathalies Hilfe den Schatz; den Weg mußten sie mehrmals zurücklegen. Im Ort ging das Leben wieder weiter, ein ziemlich ruhiges, aber sehr trauriges Leben, denn auf den Feldern sah man nur noch Greise, Frauen und Kinder.

Indessen änderte sich der Charakter der armen Babette, die, ohne im geringsten etwas zu begreifen, eine schwere Zeit der Prüfungen unversehrt überstanden hatte.

Sie setzte sich jetzt nicht mehr ans Fenster, um mit den Vögeln zu reden; der alte Rabe war gezwungen, Monologe zu halten. Sie wollte auch nicht mehr in den Park hinaus: stundenlang kauerte sie in einem Sessel und zuckte bei jedem ungewohnten Geräusch zusammen.

Selbst Nathalie durfte sie nicht mehr berühren, nicht einmal um sie zu waschen, sie schlief angezogen mit der alten Katze im Arm.
Was den Arzt beunruhigte, war die Tatsache, daß sie einen bemerkenswerten Appetit behalten hatte und daß sie zu jeder Tages- und Nachtzeit essen konnte. Eines Abends sagte Nathalie schließlich:
»Also ich, ich frage mich, ob sie nicht schwanger ist.«
»Das ist unmöglich«, antwortete der Arzt. »Sie ist nicht zur Pubertät gelangt, und ich bin überzeugt, es wird auch nie dazu kommen... Und außerdem, welcher Verbrecher hätte dem armen Wesen Gewalt antun können? Das ist unvorstellbar.«
»In dieser Rotte von Schweinen«, sagte Nathalie, »gab es Rohlinge, die zu allem fähig waren...«
Einige Tage später war der Arzt doch besorgt und wollte sie untersuchen. Es gelang ihm, ihr überraschend die Hand auf den Bauch zu legen, aber sie stieß ihn wild mit ihren Krallen von sich weg, und da seit Wochen niemand ihre Nägel hatte schneiden können, trug er vier blutige Furchen auf der Wange davon. Als sie dann versuchte, ihn ins Gesicht zu beißen, mußte er auf die Untersuchung verzichten und war nun seinerseits äußerst beunruhigt.
Seine Ängste wurden bestätigt, als sie eine Woche später begann, sich morgens zu übergeben.
»Der Schurke, der sie vergewaltigt hat, hat einen Mord begangen«, sagte er, »denn das Kind wird nie das Licht der Welt erblicken können. Die Beckenknochen sind

viel zu eng zusammengewachsen, und das arme Geschöpf wird unweigerlich im Kindbett sterben; und falls sie es durch ein Wunder überleben sollte, wird sie uns ein kleines Monster bescheren, das sicherlich nicht eine Woche lang leben wird.«

Als die Wehen einsetzten, rief der Arzt einen Freund zu Hilfe, einen sehr angesehenen Arzt aus der benachbarten Stadt.

Sie fanden sie stöhnend auf dem Bett liegen, und sie hatte nicht mehr die Kraft, sich einer Untersuchung zu widersetzen.

»Es gibt nur einen Ausweg«, sprach der gelehrte Kollege. »Wir müssen es mit einem Kaiserschnitt versuchen. Natürlich ist dieser Eingriff sehr gefährlich, aber wenn wir die Mutter nicht retten, so gelingt es uns vielleicht, das Kind zu retten ...«

Es wurde nach dem Pfarrer geschickt. Er kam mit der letzten Ölung für den Fall, daß seine geistlichen Dienste erforderlich sein würden.

Während die Gebärende stöhnte und sich mit ihren verstümmelten Fingern an den Händen der sanften Nathalie festklammerte, wurde der Pfarrer in das Nebenzimmer verwiesen, wo die beiden Ärzte ihre scharfen Instrumente sowie Verbandmull auf einem mit einem Laken bedeckten Tisch ausbreiteten.

Dann fing der Pfarrer an zu beten. Wie nun die Chirurgen sich anschickten, die arme Kleine herüberzuholen, öffnete sich plötzlich auf einen Fußtritt hin weit die Tür: herein kam Nathalie, wie eine Opfergabe

brachte sie ihnen den kleinen Jungen, der soeben geboren war.
Er war schön.

Babette war sogar in der Lage, ihr Kind zu stillen; aber in den ersten Monaten erlaubte sie niemandem, es zu berühren.
Sobald eine Hand sanft nach ihm ausgestreckt wurde, fauchte sie wie eine Katze und entblößte dabei ihre Zähne. Nach und nach verstand sie jedoch, daß man dem Kind nur Gutes wollte: sie ließ es zu, daß Nathalie es wusch und anzog. Aber die Hand des Kindes ließ sie niemals los. Sie redete lange mit ihm, in ihrer seltsamen Vogelsprache, und um es in den Schlaf zu wiegen, zwitscherte sie ihm hübsche kleine Melodien...
Der Säugling entwickelte sich und wurde zu einem kleinen Jungen von vollkommener Schönheit und von bemerkenswerter Frühreife. Er sprach zunächst die Sprache der Mutter, und anschließend Nathalies Sprache. Mit fünf Jahren lernte er lesen und brauchte dazu nur wenige Wochen. Etwas später holte der Arzt die alten Lehrbücher seiner Jugend, um ihn in die Anfangsgründe der Naturwissenschaften, der Mathematik und des Zeichnens einzuweihen.
Der Pfarrer war hochbeglückt über seine Intelligenz und sein erstaunliches Gedächtnis und beschloß, ihm Latein beizubringen. Seine Fortschritte waren so rapide, daß der geistliche Herr manchmal sagte:

»Der Verstand dieses Kindes ist von unglaublicher Behendigkeit. Er versteht alles, noch bevor man es ganz ausgesprochen hat, manchmal weiß ich auf seine Fragen gar keine Antwort; wenn ich bedenke, daß er der Sohn eines erbarmungswürdigen Geschöpfes und eines Straßenräubers ist, bin ich ganz bestürzt und stelle täglich fest, daß Gottes Wege unergründlich sind.«

Als der Junge vierzehn Jahre alt wurde, sahen sich die beiden Pädagogen buchstäblich am Ende ihres Lateins, und sie beschlossen, ihn nach Paris zu bringen; dort warteten Lehrer, die seiner würdig waren.
Mit einem Teil der hinterlassenen Dukaten kaufte der Arzt ein kleines, in einem Garten gelegenes Haus unweit einer sehr angesehenen Schule, die den neuen Zögling mit offenen Armen aufgenommen hatte. Dort verbrachte der Junge die letzten Jahre seiner Kindheit und seine Jugend zwischen seiner Mutter, Nathalie und dem braven Doktor.
Das alte Fräulein – die erste Erzählerin, meines Erachtens war es Nathalie selbst – versicherte, der junge Mann sei, nachdem er den Schulen entwachsen war, schnell berühmt geworden.
Auf welchem Gebiet und unter welchem Namen, das zu sagen weigerte sie sich, denn sie hatte hoch und heilig geschworen, ihr Geheimnis niemals zu offenbaren, aus Angst, sie könnte dadurch seiner Nachkommenschaft schaden.

War er ein Gelehrter, ein Arzt, ein Maler, ein Musiker, ein Schriftsteller, ein bedeutender Architekt? Vermutlich werden wir es nie erfahren, aber dem alten Fräulein zufolge war er schon zu dem Zeitpunkt, als sie davon erzählte, ein wirklich berühmter Mann, der in ganz Europa das Prestige Frankreichs mehren half.
Solange seine Mutter am Leben war, heiratete er nicht, denn sie wäre vor Eifersucht gestorben. Bis zum Schluß blieb er an ihrer Seite, ohne jemals bei sich zu Hause Besuch zu empfangen, und alle Welt dachte, er habe eine despotische Geliebte, die so schön war, daß er sie nicht zu zeigen wagte...
Aber wegen ihres Gebrechens war es der Mutter nicht vergönnt, ein hohes Alter zu erreichen; langsam und ohne daß sie es merkte, kam der Verfall...
Als ihre Beine gelähmt waren, trug der Sohn sie in seinen Armen wie ein Kind. Er bettete sie in einen Sessel unter der Trauerweide im Garten, deren tief herabhängende Zweige sie beide vor aller Augen verbargen. Neben ihr schrieb er an einem langen steinernen Tisch. Von Zeit zu Zeit sprach sie zu ihm, in der nur ihnen beiden zugänglichen Sprache; dann antwortete er ihr; die Amseln und die Finken aus der Nachbarschaft setzten sich in die Weide, und über ihnen kreuzten die Schwalben einander in tauchendem Flug; hin und wieder stand er auf und drückte einen Kuß auf die verstümmelten Hände.
Eines Abends, als er sie ins Haus zurückbrachte – ihr Kopf lehnte an der Schulter des Sohnes –, zwitscherte

sie ihm ihre letzten Worte der Zärtlichkeit und des Glücks ins Ohr.
Mir scheint, dies war das Ende der schönsten Liebesgeschichte der Welt.

Eines Winterabends, als ich in ländlicher Umgebung vor brennenden Holzscheiten saß, fiel mir diese Erzählung wieder ein, und plötzlich dachte ich an Sparta, an seine Gesetze, an seine Sitten, an sein Ideal.
Sparta war eine Stadt von heldenhaften Kriegern und vehementen Patrioten, denen es, ganz wie Hitler, vor allem auf die Schönheit und Reinheit ihrer Rasse ankam.
Wenn ein Kind zur Welt kam, wurde es von einer Kommission von Sachverständigen begutachtet, und zwar direkt im Zimmer der Wöchnerin. Die Mädchen wurden nach Gewicht und Größe taxiert, als wären sie künftige Zuchtstuten. Die Jungen mußten so aussehen, als könnten sie eines Tages Schild, Bronzehelm und Eisenschwert tragen. Von frühester Jugend an wurden sie der rauhesten militärischen Disziplin unterworfen, ihr einziges Ideal bestand darin, auf dem Schlachtfeld zu sterben, aber erst nachdem sie so viele Männer getötet hatten, wie es die damaligen Waffen erlaubten. Und was die von dieser »Musterungskommission« für »untauglich« befundenen Kinder angeht, so wurden sie von den weisen Alten unterm Arm mitgenommen und in den Felsabgrund am nahen Taygetos geworfen.

Und was hat uns diese so schöne, so sorgfältig reingezüchtete Rasse am Ende hinterlassen?
Namen von Königen, und das bedeutet Urhebern von Gesetzen, die so streng waren wie eine Gefängnisordnung, Namen von Generälen, deren Armeen nie die Mannschaftsstärke eines heutigen Regiments erreichten, Namen von Schlachten, deren berühmteste das gefeierte Desaster der Thermopylen ist, und zerfallene Mauern einer kleinen Stadt. Diese unter Dorngesträuch verstreuten Steine verbargen keine Aphrodite, keinen Diskuswerfer, keine geflügelte Nike, sondern einen von Grünspan bedeckten Schild, gespaltene Helme, vom Rost der Zeiten dünn gewordene Schwerter. Inmitten einer unscheinbaren Landschaft sind diese anonymen Ruinen nicht von einem leuchtend hellen Parthenon beherrscht, der hoch gegen den Himmel steht auf seiner Akropolis; nein, sie ducken sich im Schatten, am Rande eines großen Lochs. Diese Männer waren Griechen der großen Zeit, und sie lebten ganz in der Nähe von Athen, der Mutter des Geistes und der Künste ... Warum ist ihr Erbe so erschreckend kümmerlich? Weil sie auf ihren Exerzierfeldern, auf ihren Schlachtfeldern, ihre Dichter, ihre Philosophen, ihre Maler, ihre Architekten, ihre Bildhauer zum Stumpfsinn abgerichtet, beziehungsweise geopfert haben, weil sie vielleicht einen kleinen Buckligen über scharfes Gestein in den Abgrund am Taygetos gestoßen haben, und es war Äsop, oder den blinden Säugling, der durch die Jahrhunderte hindurch ihre Götter und den Ruhm ihres Vaterlandes besungen

hätte ... Und unter den allzu blassen kleinen Mädchen, die einen Augenblick, zerbrechliche weiße Schmetterlinge, durch die senkrechte Nacht des Abgrundes wirbelten, waren vielleicht die Mütter oder Ahnen ihres Phidias, ihres Sophokles, ihres Aristoteles oder ihres Platon; denn jede Form von Leben ist ein Geheimnis, und niemand weiß, wer die Botschaft trägt; weder die Vorübergehenden, noch der Botschaftsträger selbst.